Insanity Police
Bairinji Liliko

メンヘラ刑事
本田晴巳

Discover
ディスカヴァー

メンヘラ刑事

イラストレーション × カズミヤアキラ
ブックデザイン × 内山尚孝
（next door design）

メンヘラ刑事 X 目次

登場人物紹介 2
プロローグ 4
第1話 X メンヘラ刑事 7
第2話 X 歪なトライアングル 41
第3話 X 賢者のベッド 85
第4話 X 追憶のプール 119
第5話 X 甘いコエ 153
第6話 X 片恋のアルペジオ 189
第7話 X 温かいオト 231
第8話 X 過去からのシシャ 267
第9話 X プロポーズを君に 341
エピローグ 396

登場人物紹介

《兵庫県警捜査第一課（第二強行犯捜査）殺人犯捜査第一係》

梅《ばい》林《りん》寺《じ》凜《り》々《り》子《こ》

〈23〉
158cm・42kg
【警部補】

東大法学部卒。IQ190。犯罪心理学を一年アメリカで学んで帰国した。同じリクルートスーツを春夏用、秋冬用で二十着持っている。

竹山《たけやま》弥生《やよい》

〈35〉
180cm・77kg
【警部補】

毎日筋トレを欠かさない。がっちりとした体形。柔道、合気道、色々な体術を身につけている。ヘビースモーカーでアルコールをよく飲む。肉と揚げ物が好き。

望月《もちづき》健太郎《けんたろう》

〈38〉
190cm・95kg
【警部補】

お菓子作りと身体を鍛えるのが趣味。ほとんど喋らない。

風間《かざま》洋二《ようじ》

〈45〉
167cm・58kg
【巡査部長】

人員不足により、体力がないのに一係へ回された。電車オタク、主に乗り鉄。

《他刑事部》

**鳥《とい》居《い》隆《りゅう》一《いち》**

〈27〉
160cm・51kg
【巡査部長】

見た目にとても気を使い、香水臭い。
パソコンの知識が豊富。

**桜田《さくらだ》太《た》郎《ろう》**

〈58〉
163cm・55kg
【巡査部長】

兵庫県警捜査第一課（第二強行犯捜査）
殺人犯捜査第三係
口も態度も全て悪い。妻に先立たれ、現在は一人暮らし。

**花沢《はなざわ》梨《り》花《か》**

〈33〉
162cm・50kg
【巡査部長】

兵庫県警捜査第一課（第一強行犯捜査）
強行犯捜査第一係課内庶務係
神戸美人。毒舌でヘビースモーカー。
署内の情報通。

**松波《まつなみ》隼《はや》人《と》**

〈27〉
178cm・65kg
【警視】

大阪府警捜査第二課管理官
東大法学部卒。親族もエリート官僚。
長身の美形。性癖がどS。

# プロローグ

※

冬が近い。

少し開けた窓から、入る風に気づく。通勤ラッシュ前の三宮の街を抜け、くわえたセブンスターに火をつけた。車内に、携帯の呼び出し音が響く。

夜勤後、県警を出たときに、切るのを忘れていた。眉間のシワを深くし、くわえタバコでハンドルを切った。

生田川公園の入り口近くに車を止め、長い着信音を止める。

「なんですか？　こっちは、夜勤明けで家に帰るとこですよ」

通話ボタンを押すと同時に、しゃがれた声を上げた。

「……はあっ？　ちょっと、待って下さいよ！」

目を開き、大きく声を上げる。それに構わず、相手は言葉を重ねる。

「はっ？　今日から？『メンヘラ』？　……意味分かりませんから！」

まだ長いタバコを、灰皿に押し付ける。

「……一係に配属て、竹山《たけやま》が、思い出したらどうするんですか!!」

温度差のある声に叫んだ。

「……そんな、上手くいくわけないやろ。こっちだって忙しいんやから、ふたりも面倒見切れんわ!!」

相手の言い分に、敬語を忘れて叫ぶと、落ち着いた声が返ってくる。

「……ちょっと待っとけ、ションベンしてから掛け直す」

通話を切り、車を出てすぐの公園に入る。公衆トイレには使用不可の看板があった。舌打ちをしてから、足を動かし、近くの河川敷に降りる。

ゆるく流れる川を前にしても、すぐにはズボンを下ろさなかった。尿意よりも、先ほどの電話の内容で、頭がいっぱいになっていた。

「……ったく、何考えてんや。偉なったら、頭おかしくなるんか」

ぼそりとつぶやき前を向く。目の前の光景に一瞬で顔が固まった。

「……『メンヘラ』ちゃんの、歓迎かいな」

暗い川をゆっくり流れてくるのは、頭を失くした人間だった。

# 第1話 ╳ メンヘラ刑事

# 1

「本日づけで、こちらに研修生として配属されました、警部補の梅林寺凛々子《ばいりんじりりこ》です。趣味は、自殺方法の研究。将来の夢は、楽な方法で、すぐに死ぬことです」

好天に恵まれた、十一月上旬の朝。

神戸の中心街である三宮駅と、隣にある元町駅の真ん中に建つ兵庫県警。正面に六甲山、背後に神戸港を望んでいる。警察本部庁舎では全国で最も高い、地上二十三階建ての建物。

「あだ名は『メンヘラ』で構いません。短い間になるかもしれませんが、よろしくお願いします」

その中の一室、兵庫県警捜査第一課殺人犯捜査第一係に、抑揚のない声が響いた。

一係に配属されて五年目となる竹山弥生《やよい》警部補は、声の主を見つめる。訳がわからない自己紹介を終えた女は、深く腰を折る。周りの人間は誰も声をかけない。

今日、竹山は非番だった。

昨晩仕事を終え、東門街の行きつけのスナック桃源郷で酒を飲んだあと、風呂も入らず自宅のベッドに潜り込んだのは深夜四時。四時間も眠らないうちに電話でたたき起こされ、今日の休みは消えてなくなった。

寝不足で二日酔いの竹山は、自分よりひとまわりは歳下だろう、目の前の女の言葉を反芻《はんすう》してみた。回らない頭で考えたが、やはり、訳がわからない。

六個の机と資料が詰まった本棚だけが並ぶ、殺風景でたいして広くない部屋に、沈黙が流れている。

「……あ、ほら。みんな、拍手、拍手」

一係の係長である、草壁《くさかべ》警部が声を上げた。

「梅林寺君は、現役東大卒、国家公務員I種試験一発合格の優秀なキャリアなんで、くれぐれも、身に危険が及ぶような仕事は与えないように」

草壁は、そう話しながら手を叩く。竹山以外の刑事たちも、戸惑いながら拍手をする。

草壁は部下の顔を見渡し、竹山に視線を止めた。

「……頼んだよ？　彼女に何かあったら、僕が大変なんやからね？」

始末書を毎月提出し、草壁に疎まれている竹山は、遠慮なく思ったことを口にする。

「……草壁さん、そんな仕事、うちにはありませんよ？　大事なキャリアちゃんには、危険が及ばない部署に行って頂いたらどうですか？」

神戸は観光地として有名だ。昼はカップルや観光客で賑わう港街も、夜は別の顔を見せる。

三宮駅から山の手に歩いてすぐ。東門街を中心に広がる歓楽街では、立ち並ぶ雑居ビルに、日暮れから朝まで営業している飲み屋や風俗店がひしめき、毎晩のようにいざこざが絶えない。

大きな暴力団組織の本部があるためか、血の気の多い人間が集まっているのだろう。

そんな神戸の街を守る竹山の言葉は、正論だった。

「キャリアちゃんではありません。梅林寺凛々子です」

竹山に言葉を返したのは、顔に怒りを表した草壁ではなかった。

「竹山さん、これからよろしくお願いします。私は、仕事のためなら何かあっても構いません」

頭を上げ、口を小さく動かしたリリコに、竹山は黙った。黒縁メガネのレンズの奥。黒目がちなふたつの瞳が、まっすぐに自分を捉えていたからだ。

「……ま、まあまあ、梅林寺君、うちでの仕事はほどほどで構わないから」

と言ったとたん、「ほどほどとはどういう意味ですか」とリリコが詰め寄り、草壁は目を丸くする。竹山は、驚くほど厚みがないリリコの肩を、後ろからつかんだ。

「……ばいうんじ、だったか？　お前、これから俺について来い。お仕事だ」

「竹山君！　初日から、君の捜査に連れて行く気か⁉」

顔色を悪くした草壁に、竹山はへらりと軽い笑顔を返した。

「大丈夫ですよ。手加減しとき……」

顔の先で銀色の何かが鈍く光り、竹山は言葉を止めた。

「竹山さん。手を離して、私から離れてくれませんか」

竹山の正面に立ち、リリコが言った。カッターナイフの刃先を向けたまま。

「いきなり、後ろから私に触れないで下さい。威嚇してしまいますから」

そう言いながら刃をしまい、リリコはカッターナイフを上着のポケットに入れた。

「あと、竹山さん、もの凄く臭いです。これから、私の三〇センチ以内に入らないで下さい」

目と口を大きく開き、固まっている竹山に構わず、リリコは床にある鞄を探り、消臭剤のスプレーボトルを握る。噴射口を向け、無表情で言った。

「目と口と鼻を閉じていて下さい」


「……ったく、ゴルゴかよっ!! なんなんだ、あの女は!!」

年々狭くなる県警内の喫煙所で、竹山は煙とともに言葉を吐いた。

「あの女って、メンヘラちゃんのこと?」

捜査第一課庶務係の花沢梨花《はなざわりか》が、喫煙所に入ってきた。竹山と同じく五年間県警にいる、きつめの性格をした二歳年下の神戸美人だ。

「なんでもう知って……。なあ、その『メンヘラ』ってなんなんだよ? 最近の若いやつの流行《はや》りなのか?」

「うわー、竹山もおじさんになったなあ。一係に行く前に、メンヘラちゃんが庶務課に挨拶しに来たんよ。エリート様は、みんな変わっとうな」

「俺がおじさんなら、梨花、お前はおば……」

梨花のハイヒールの踵がふくらはぎに刺さり、竹山は口を閉じた。

「ググって、ウィキで調べれば詳しく出てくるわ。ていうか、メンヘラちゃんに直接聞けばいいやん」

そう吐き捨て、梨花は細いタバコを口にくわえる。痛みを片手で押さえ、竹山は灰皿にタバコを押しつけた。

「……なんで、あの女、庶務課じゃなくてうちなんだ？」

一一〇番の電話が、一日１６００件鳴る兵庫県警。竹山が所属する捜査第一課の出番は多い。体力的、精神的にきつい現場に、刑事たちは連日駆り出されている。

「あんな、見るからに体力なさそうなやつが、うちで続くわけねえだろ。キャリアの研修って、たしか半年もあったよな？」

四年前を思い出しながら、竹山が言った。

「四年前は半年やったけど、今は九ヶ月やで。そういえばヘタレのボンは、一週間でふらふらやったな」

梨花は眉間にシワを寄せ、言葉とともに煙を吐く。

「ほんま、ムカつくわ。あの松波《まつなみ》が、今や大阪府警捜査第二課の管理官様やからな。しれっと、全部手に入ると思ってんやろな」

四年前、一係に研修で配属された松波隼人《はやと》。現在、二十七歳という若さで警視だ。

リリコと同じ学歴で、順調にエリートコースを歩んでいる。

「……松も、頑張ってんだよ。なあ、上は何考えて、うちにあんな女よこしたんだと思う？」

「松波の前例作った、竹山がおるからやろ」

「なんだそれ、俺は何もしてねえよ」

松波が研修を満了できたのは、梨花の言うとおり竹山の貢献が大きい。だが、竹山本人に自覚はない。

「まあ、噂やけど。メンヘラちゃんが、上に頼み込んだらしいよ？」

呆れ顔の梨花が続ける。

「警視庁の捜査第二課をけって、うちとこに来たんやって。国家試験トップ合格してから、大学卒業して、アメリカで犯罪学の研究してきたとか。ほんま、エリート様って理解できんわ」

梨花の話に、竹山は目と口を大きく開いた。

警視庁捜査二課は知能犯係だ。汚職、詐欺、選挙違反など国家レベルの大きな事件を追う。今は地方公務員の竹山だが、十三年前、国家公務員として入庁したときに配属を夢見た場所だ。

「お守《も》り、ほどほどにしときや」

梨花に肩を叩かれ、竹山は「ああ」と小さく返す。

「そうや、ここ来る前、一係寄ったんやけど。メンヘラちゃんに、ゴキブリ扱いされたんやろ？」

「……なっ、振りかけられたのは、殺虫剤じゃねぇ!!」

そう叫び、竹山は喫煙所から出て行った。楽しそうに笑う梨花を残して。


「……おい、『メン……』……あのゴルゴ女、どこ行った？」

消臭剤の匂いが漂う、殺人犯捜査第一係に戻ってきた竹山が、怒鳴り散らしたい相手の姿はなかった。

「あれ、本当ですね～。気がつきませんでした～」

松波と同じ二十七歳で、巡査部長の鳥居健二《とりいけんじ》が、パソコンに顔を向けたまま返す。

鳥居の机の上にある、美少女フィギュアを見ながら、竹山は大きくため息をつく。

「鳥居、気がつかなかったじゃねえだろ⁉　風間《かざま》さん、知りませんか？」

鳥居の隣の机は、いつも資料のファイルが高く積んである。ファイルの隙間で、髪の毛が少ない頭皮が動く。

「……いやあ、私も気がつきませんでしたねえ」

四十代半ば、役職が巡査部長で止まって久しい風間洋二《ようじ》は、ぼそぼそと下を向いて答える。風間の机の上、左右に積まれた資料の山の間にあるのは、いつも昇進試験の参考書だ。

「……いつも言ってますが、隠して勉強しなくてもいいですよ」と言うのが面倒で、竹山は風間の隣の机で光る頭を見る。

「望月《もちづき》さん、……もう、わかりましたから」

竹山の三歳年上で、警部補の望月健太郎《けんたろう》は、顔を横にふるふると振り続けた。スキンヘッドにサングラス。眉はなく、１９０センチの鋼のように鍛えた巨体。いかつい風体に見合わず、望月はとても気が弱い。

真っ黒なサングラスの奥の目は、すまなそうに伏せられているのだろう。

そう思いながら竹山は窓に視線を向ける。いつも通りの不在を確認し、再びため息をつく。

窓際の机の主は、一年後に定年を控えた草壁だ。主な仕事は会議と、上司のご機嫌取り、本庁へ出張という名目の挨拶まわり。草壁は一係の長だが、現場との関わりは薄い。

「あの女の処遇を指示してから不在になれよ」と漏らし、竹山は乱雑にモノが置かれた自分の机に向かう。望月の向かいで、座り心地が悪い椅子にどかりと腰を下ろした。

竹山はノートパソコンの電源を入れ、検索サイトを開き、【メンヘラ　意味】と打ち込む。ずらりと並ぶ検索結果。一番目の項目を読んだ。

《『メンヘラ　めんへら（一般）』「精神疾患・精神障害を持つ人」という意味。「メンタルヘルス」（心の健康）という言葉が匿名掲示板の2ちゃんねるなどで「メンヘル」と略されるようになり、さらにそれに -er 形がついて「メンヘラ」という言葉が生まれた。「精神障害」などよりは柔らかい言い方であるという意見もある一方、この言い方を嫌う人も多いので、使用には注意が必要。》

「……なんで、あの女、自分で……」

「そこに書いてある特徴と分類に、私の状況および精神状態が合致していて、一言で表すのに便利だからです」

突然、機械のような声が聞こえ、竹山はびくりと肩を震わせる。目を開く竹山の隣の机に、鞄とコンビニの袋を置いてから、リリコは椅子に腰を下ろした。

「……おい、初日から、サボってんじゃねえよ！」

数十分前を思い出し、竹山は怒りとともに声を上げた。

「すみません、これを買いに行っていたんです」

リリコは、コンビニの袋から置き型消臭剤を取り出す。

ラベルには【超強力脱臭　トイレ用】と書いてある。

「臭いと、気が散って仕事ができませんから」

竹山のこめかみの血管が動くのを見て、鳥居が腰を上げる。

「……てめえ、俺のこと、便所扱いしてんじゃねえよ!!」

鳥居が後ろから押さえる前に、竹山の雄叫びと、ごすんっという音があたりに響いた。

リリコの頭の上で、竹山の大きなげんこつがぐりぐりと動く。周りの目と口が、大きく開かれた。

「おら、サボってねえで、現場に行くぞ」

気が済んだ竹山は、リリコの腕をつかんで立たせ、軽い体を引きずり部屋を出る。

「あの。痛いので、腕を離して下さい」

廊下を進む、竹山の足が止まった。

「刃物向けたり、消臭剤、振らないだろうな」

「しません。あと、鞄を取ってきたいので、一度戻らせて下さい」

竹山が手を離すと、リリコがその場でジャンプした。とすんと、小さな手が、二ヶ月散髪に行ってない竹山の頭を殴る。

「これで、あいこにしてあげます。鞄を取ってきますので、ここで待っていて下さい」

リリコは、リクルートスーツに包んだ小さな背中を向け走り出す。小さくなる姿に、眉間にシワを寄せた竹山が、ぼそりと言った。

「……なんで、あんな女がうちに来たんだよ……」

警察組織において先輩後輩、上司部下の関係は絶対だ。それなのに、自分を敬うどころか、刃物を向け、汚物のように接してくる研修生。

竹山の経験上、警察官は個性の強い人間が多い。その中でも、リリコは今まで出会った誰より群を抜いていた。

## 2

「おい、寒いから窓閉めろよ‼」

竹山が運転し三宮の街を走る車内。

助手席の窓は全開で、冷たい風がびゅうびゅう入ってくる。

「では、私が副流煙を吸い込み、肺ガンになったとします。そのときの苦しみを、竹山さんが代わってくれるのならいいですよ」

ピース・ライトを一日二箱消費する竹山が、煙を吸いながら返した。

「ああ、代わってやるから、その生意気な口閉じろ」

赤信号で車を停め、窓に煙を吐く。竹山は、静かになった隣に顔を向けた。

まっすぐな顎《あご》までの黒髪。目にかかりそうな前髪の下はすっぴんメガネ。黒いリクルートスーツに包まれた体は全てが薄く、膝丈のスカートから出ている脚はまっすぐで細く白い。

「竹山さん。何故、私を舐めるように見てるんです？　セクハラですか？」

「……はあっ⁉」

「申し訳ありません。私は、セクハラを許容できません」

言葉を返せない竹山は煙を吸い、前を向いた。目の前の横断歩道を、リリコと同年代だろう若い女が渡っていく。

神戸に赴任した当時、街に美人が多くて驚いた。誰かが言った『日本一の女優輩出県やからな』という言葉に竹山は納得した。

きっちりとした化粧に、手入れされた明るい髪の毛。香水を大目に振っているだろう、目の前を横切る華やかで美しい女たち。リリコとの落差に竹山は大きく煙を吐き、タバコをもみ消した。

「……うみかいじ、現場では、先輩に対してちゃんと敬意を払えよ？」

盛大に名前を間違え、竹山が車を発進させる。

「今から向かうのは、どんな現場ですか」

返事は、新しいタバコに火がついてからだった。

「……お前、人の話聞いてんのか⁉」

「そんなに大きな声出さなくても、聞こえてます。約束しますから、事件の概要を教えてくれませんか」

ハンカチで口を押さえているリリコに、竹山は煙とともに返す。

「……一時間前、今向かってる生田川公園傍の生田川で、ホトケが浮かんでるのを、うちの刑事が見つけた」

神戸の中心街を通る、綺麗に整備された生田川。

河川敷にある生田川公園へは、三宮駅から徒歩十分ほどで着く。公園の周りは住宅街で、ふだんから近隣住民の憩いの場として愛されている。春には桜の名所としても有名だ。

そんな場所での事件は、ただでさえ気分がいいものではない。そして第一発見者が、さらに竹山の気分を落とす。

「まだ現場検証中で、どんな事件かはわからねえよ。お前、ホトケ見て、ぶっ倒れんなよ」

「竹山さん、あなた、『メンヘラ』舐めてますね」

これからの攻防を思い、乱暴にタバコの火を消した竹山にリリコが言った。

「竹山さん、私は、『羊たちの沈黙』を見ながらシュウマイが食べられます」

レンズ越しに光る目に、竹山は口を閉じる。静かになった車は、ほどなく、黄色いテープが張りめぐらされた公園に到着した。

「おい、遅《おせ》えぞ！　竹山！　お前、最近たるんどんやないか⁉」

車から降りた竹山に、野次馬の向こうから怒鳴り声が近づいてくる。

声の主は、兵庫県警捜査第一課殺人犯捜査第三係のベテラン刑事、桜田《さくらだ》だ。定年を二年後に控えているが、同年代の草壁とは正反対の男である。

事件が起こればすぐに駆けつけ、所轄の刑事や現場を仕切り、そして、何かと捜査第一係に楯突く。

「……さーせん。今日、新人が入って、……教育してたもんで」

「ああ？　一係の新人やなんて、こっちはまだ知らされてねえぞ⁉」

刑事として大先輩にあたる桜田だが、竹山には、小うるさいやっかいなロートルだ。うるせえなあと思いながら、話を逸らすため事件の概要を尋ねる。

「夜勤の帰り、ここを車で通ったときに急にションベンしたくなってや、公園の便所が使えんで川に降りたんや」

風貌が街のチンピラと大差ない桜田は、得意げに話し始めた。

「そしたら、ホトケさんがどんぶら流れてきたんやで、驚いたわ」

隣のしゃがれた声を聞きながら、竹山は公園を進み階段を降りる。浅い川がすぐ横に流れる、石畳で舗装された場所に立つ。

普段は子供たちの声が響く場に、警察の人間がごった返していた。

「まあ、俺の刑事の勘がホトケさんを見つけたんやな」

桜田のどや顔を横目に、竹山は青いビニールシートで囲まれた一画に入る。

「お疲れ様です。一係到着しました」

鑑識官や葬儀屋が囲んでいる輪の中に、竹山と桜田は割り込む。手を合わせ、頭を下げてから、ホトケの姿をまじまじと眺める。

「……ひでえな……」

竹山は、思わずつぶやいた。川から上がったという事で、覚悟していたが、濡れた体はまだ膨張のない綺麗な状態だった。

だが、ホトケは、首から上がなかった。

つめたい水で洗われたためか、切断部の皮膚は白くたるみがない。のぞく肉は変色しておらず、薄い桃色で、真ん中にある骨は綺麗な円を見せている。

すっぱりと切られた断面。それを見ていると、鋭利な刃物で躊躇《ちゅうちょ》なく切断する場面が、竹山の頭の中に浮かんだ。

「殺人事件、決定やな」

目を開く竹山に、隣にいる桜田がヤニで染めた黄色い歯を見せる。

「何言ってるんですか。殺人事件じゃありませんよ」

下から小さく聞こえた声に、竹山は顔を向けた。いつの間にか、正面に小さな背中がある。目を開くふたりに構わず、リリコはホトケに近づきしゃがみこんだ。

「竹山さん、やはり、他殺じゃありません」

首の切断部分に顔を近づけた後、リリコは素手でホトケの白い手を握り、自分の顔に近づけた。

「てめえ！　ホトケに触るんじゃねえ！」

大きく吠えながら、桜田はリリコの背中に近づく。

「おい、就活生！　関係ない一般人はどっか行けや！」

桜田の言葉に竹山は納得する。リリコは桜田に両肩をつかまれ、後ろ向きにどすんと倒れた。

桜田はそのまま鑑識に向かう。竹山が、リリコに手を差し伸べた。

「……結構です。あの方は誰ですか」

リリコは一人で立ち上がり、黒いタイトスカートに包まれた、平らな尻をぱんぱんと叩いた。

「お前っ……、あい……あの人は、俺らと同じ、捜査第一課殺人犯捜査第三係の桜田巡査部長だ」

「本当に、可愛くねえな」という言葉を飲みこみ、竹山は返す。

「偉そうですが、私より格下の方なんですね」

竹山は、リリコの頭を平手で思い切り叩いた。

「さっき、約束するって言っただろうが！　お前、自分が言ったことも守れねえで、刑事務まると思ってんのか⁉」

「私は、事実を述べただけですが。何かおかしかったでしょうか？」

リリコは頭をさすりながら竹山に返す。表情をぴくりとも変えないまま。

「……ったく、とりあえず、お前はじっとしてろ！　これ以上、余計な」

竹山の言葉が終わる前に、リリコがすたすたと進んだ。態度に反比例して小柄な桜田の正面に立つ。

「桜田巡査部長、初めまして。本日づけで、兵庫県警捜査第一課殺人犯捜査第一係に研修生として配属されました、警部補の梅林寺凜々子です。就活生ではありません」

目線がほぼ同じリリコは、至近距離から言葉を吐いていく。

「あだ名は『メンヘラ』でお願いします。そして、この死体は他殺体ではありません。使用された紐状の物は、上流のどこかの橋の欄干にぶら下がり、頭部は川にあるはずです。すぐに、捜査に向かった方がいいと思われます」

# 3

「で？　あったんですか？」

「現場から一キロ先の上流に。ホトケの指紋がべったりついた車の牽引用ワイヤーが、大橋の欄干に結びつけられてた。そのすぐそばの川から、……頭部がな」

「へー、たいしたもんですねえ。大阪府警でも話題の、梅林寺凛々子さんは」

座り心地のいい一人がけのソファに座り、今や大阪府警の警視となった松波と並んで酒を呑んでいる。竹山は、自分が語る数時間前の現場を遠く感じていた。

つるりと長いカウンターと、高い天井。壁にずらりと並ぶ磨かれたボトル。ふたりがいるハンター坂のバーは、有名な建築家が手がけたもので、高級感に溢れている。

「やっぱり、現場の方が楽しそうだなあ。もう少しゆっくり昇進すれば良かった」

このバーの常連になって二年の松波は、無邪気に話す。

「……なら、俺みたいに地方公務員になれよ」

「それは、無理ですね。僕は、竹さんみたいな根性も信念もありませんから」

松波の優美な笑みと言葉に、竹山は口を閉じた。

「それに、非番なのに、繁華街のチンピラを取り締まる体力も。ここに来るときは、必ず生田警察署に寄りますよね。ほんと、竹さんて刑事の鑑《かがみ》ですよ」

二人がバーに向かう途中だった。東門街でホステス相手に暴れていた男を、竹山が取り押さえた。松波は遠巻きに見ていただけだ。

「目に付いたら、体が動くんだから仕方ねえだろ」

「さすが、『瞬殺の竹』さん」

「それ、やめろって……」

「先月の大会の映像、ネットに上がってましたよ。すごく格好良かったです。入庁した年、準決勝戦で相手を病院送りにした噂、本当なんですか？」

一年に一度、秋に開催される全国警察柔道大会。竹山は全国の選手たちから『瞬殺の竹』の異名で呼ばれ、一目置かれている。国体経験があり、大会に出れば個人戦で五位内に必ず入るからだ。

「……その話はいいから、別の話しろよ」

噂は本当だが、竹山は褒められることに慣れておらず、松波はそれを知ってからかっていた。

「はい。竹さん、今日は、梅林寺さんに感謝ですね」

言われたとおり話題を変えた松波に、竹山は眉間のシワを深くする。

「……はあっ？　なんで、俺があの女に感謝しなきゃなんねんだ？」

「だって、梅林寺さんが今日の事件を早期解決してくれたから、竹さんは午後から非番になって、僕と楽しい休日を送れてるんですよ？」

松波の言葉に、竹山はタバコをくわえ火をつけた。

今日、竹山は正午過ぎに帰宅し、久しぶりにぐっすりと寝た。すっかり日が暮れて、松波と合流し、行きつけの安くて旨い焼肉屋でたらふく肉を喰い、高級なバーでうまい酒を呑んでいる。

たしかに、有意義な休みを送っている。そう感じながら、竹山は素直にありがたいと思えなかった。

「……なあ、松は、非番の日にいっしょにいる相手いねえのか？」

肉奢《おご》りますから遊んで下さいと松波の電話。夕方に掛かってこなければ、竹山は今日外に出ていない。

「特定の子は。最近の若いドMな子って、すぐに籠絡できちゃうからおもしろくないいんですよね」

「……捕まるなよ」

どこにいても女の目を奪う、長身で整った容姿。それに似つかわしくないドSな性癖をもつ後輩に、竹山は言った。

「大丈夫です。十八歳以上の、お互いの性癖が一致する、あと腐れない子としかおつき合いはしてません。それに、誘ってくる子としか」

そう言って松波はにっこりと笑う。竹山は煙を大きく吐いたあと、ひきつった笑いを返した。

由緒正しい家柄で、親族は官僚だらけ。肩書と見た目は完璧な松波。二年前に大阪府警に赴任したが、いまも竹山を食事や酒に誘っては神戸まで足を延ばす。

兵庫県警での研修中に助けられてから、立場は変わっても竹山を慕い続けている。

「……松は、その性癖さえなきゃ、完璧なのにな」

「竹さんは、三年ぐらい居ませんよね。『あんたは、本当のことを言いすぎるからしんどいわ』でしたっけ？　まあ、そんなこと言う彼女、別れて正解だと思いますけど」

三年前に振られた彼女の捨てゼリフを言われた。忘れていたのに。竹山はテキーラが入った小さなグラスを一気にあおる。

「兵庫県警にいたとき、そちらのツンデレお姉さんも、竹さんのこと同じように言ってましたよ。お元気ですか？」

「……元気だよ」

『黙ってれば、憧れの親戚のお兄ちゃんて感じやのに、口開いたらあかんわ』

梨花は竹山の見た目をそう形容する。

松波と同じくらい背が高く、三十半ばだが、日課の筋トレのおかげで体に贅肉はない。だが、全てが完璧な松波に、男らしいといえば聞こえはいいが、要するにガサツな竹山はとうていかなわない。

「ねえ、竹さん。梅林寺さんは、どうしてすぐに真相が分かったんですか?」

竹山が拗《す》ねたのに気がついたのか、琥珀のグラスを傾ける松波が聞いた。

「殺してから、首を切り、川に投げ入れるには時間がとてもかかる。ホトケの死斑の状態から、死後それほど時間は経っていない。それに、首の切断部分が同じだと。……あいつは、同じ自殺体をよく知ってたんだ」

松波は目を大きくし、口を閉じた。タバコを灰皿に押しつけ、竹山は続ける。

「自殺方法を克明に紹介しているホームページを、毎日見てるらしい。……松は、見たことあるか?」

「見ませんね。僕は、死にたいと思ったことがないので」

「……だよな」

竹山も、現場で松波のように質問をした。説明を終えた後、リリコは静かに言った。

『私は、自殺に関する知識なら誰にも負けない自信があります。なぜなら、私は、いつでも自殺について考え、イメージトレーニングを怠らないからです』

「……なら、なんで、刑事になったんだよ……」

「……竹さん?」

松波に顔を覗き込まれ、我に返った竹山の携帯が震えた。深夜の一時に掛かってくる電話は、仕事しかない。

「悪い、呼び出しだ。また、誘ってくれるか?」

「はい、僕は、竹さんの都合にいつでも合わせますから。それに、『メンヘラ』ちゃんの件は任せて下さい。何か分かったら、すぐに連絡しますね」

そう言って、この世の女全てが腰を砕かれそうな笑顔を松波は見せる。

何も言ってないのに意思が伝わる。これまで竹山がつき合ってきたどの女ともそんなことはなかった。こいつが女だったらなあと、思った。

「またな」と残し、二人分の料金を置いて店を出る。給料は倍近く違うのは分かっていても、そうするのが竹山なのだ。

## 4

「はーい、リリコちゃん。あーんして」

竹山が有意義な休日を過ごしているとき、リリコは花房《はなぶさ》診療所にいた。

深夜でも賑やかな東門街の裏には、縁結びで有名な生田神社がある。生田神社から徒歩数分の場所に、診療所はあった。

朝まで続く繁華街の喧騒は聞こえない、年季の入ったビルの一階。看板のない花房診療所は、日暮れから夜明けまで開いている。

「んー、もういいよ」

狸の置物に白衣を着せたような風貌。恰幅のいい初老男性の花房医師は、リリコの口から銀の平たい棒を抜く。

「……すいません。どうしても、眠れなくて」

小さく申告するリリコは、昼間と同じリクルートスーツ姿で丸椅子に腰かけていた。
その向かいで、花房医師は机のそばの椅子にどっしりと座る。いつもの癖で顎のごまし
お鬚《ひげ》を触ってから、口を開いた。
「なーに言ってんの。近くに越して来たんだから、これからは、いつでも来たらいいんだ
よ」
そう言って、もともと垂れている目をさらに下げた。花房医師は、肉厚な手でリリコの
肩をぽんぽんと叩く。
「しっかし、刑事ってのは大変そうだねえ。リリコちゃん、体がつらいと感じたらすぐ
に」
「分かってます。花房先生、眠れるお薬をくれませんか」
花房医師は、ふうっと息を吐いてから腰を上げる。カーテンが引かれた部屋の奥へ向か
い、少し経ってから戻って来た。
「はい、いつもの花ちゃん先生の薬と、これを服用するといい」
リリコは、小瓶をひとつ受け取った。
「飲み方は、今、書くから待ってて」

花房医師が椅子に座り、机の上でペンを走らせる間、リリコは手の中のモノを眺めた。

「リリコちゃん、今日は何色だった？」

十年前から続く、花房医師の問いかけ。青い錠剤が入った小瓶を、リリコは迷わず差し出す。

「……そっか、まあ、今週末にまた来てね」

びりりと破いたメモ帳を差し出し、花房医師はくしゃりと笑顔を作る。リリコは無表情で、こくりと首を縦に振った。

「そうだ、『あかいおまわりさん』には会えた？」

リリコの右の眉毛がぴくりと動く。

「……まだ、わかりません」

十年間、目の前の女の子の成長を見守ってきた花房医師。小さな目を大きくする。

「……そうか、早く、わかればいいねえ」

「本当に、その方がいいんでしょうか」

花房医師は、ぐしゃぐしゃとリリコの頭を撫《な》でながら言葉を返す。

「いいに決まってるじゃない。『あかいおまわりさん』は、リリコちゃんの希望なんだから」

そう言って笑う花房医師に、リリコは口も表情も動かさない。

「仕事のことでもなんでも、辛くなれば、我慢せずにすぐにここに来なさいよ。分かった？」

リリコは無言で頷《うなず》いた。

全て見抜かれていると、知った上で。


昨年建てられたばかりの、十四階建てのマンション。厳重なオートロックで守られたエントランスを抜け、最上階の３ＬＤＫの部屋に入る。

リリコはジャケットも脱がず、リビングのソファにごろんと転がった。花房診療所からタクシーでワンメーター、トアロード沿いの自宅。部屋は埃ひとつなく、モデルルームのようだ。

近隣の音はまったく聞こえない。対面キッチンのシンクから響く、ぽたぽたという音を聞きながら、リリコは目を閉じる。

十年前の、冬のイルカショーのプール。

再生された映像を切る為、瞼《まぶた》を開けた。天井を見つめるリリコの耳に、水音が消え、怒鳴り声が再生される。

『さっき、約束するって言っただろうが！　お前、自分が言ったことも守れねえで、刑事務まると思ってんのか⁉』

「……そっちこそ。……名前、絶対忘れないって約束……破ったくせに……」

小さくつぶやき、リリコはゆっくりと上半身を起こした。

上着のポケットに手を入れ、カッターナイフを取り出す。刃を上下すると、気分が落ち着いていく。ポケットに冷たい感触を戻し、床の鞄に手を伸ばす。小瓶を取り出し、メモの通り三錠を水なしで飲み込む。

いつもの薬と違い、甘くてしゅわっとする味だった。舌で感じながら、リリコはソファの向かいのローテーブルに手を伸ばす。

黒いペンで大きく、【116】と表紙に書かれた大学ノートを取る。

ぱらぱらとめくり、昨日の続きのページを開いた。鞄からペンケースを取り出し、迷わず一本を選ぶ。

フタを取り、白を染める動きが急に止まる。強烈な眠気に襲われ、リリコはペンを置いた。立ち上がり、隣の寝室のベッドにごろりと横になる。すぐに瞼が重く下がり、リリコの意識は途切れた。

リビングのローテーブルの上、フタがないペンの下。文字の最後が大きく伸ばされている。

**今日は、疲れた。早く死にたい**

青い文字は、いつもより小さく硬かった。

# 第2話 ╳ 歪なトライアングル

# 1

「あの『メンヘラ』女は、何もわかっちゃねーんだよ!!」

「はいはい、女の子なんだから、ちゃんつけてあげなさいよ」

桃源郷のママである聖子《せいこ》は、慣れたようすで竹山をたしなめる。

非番の前日の深夜。竹山は仕事を終え、桃源郷で愚痴を言いながら飲んでいた。

東門街の本通りから、路地に入った雑居ビルの二階。五席しかないカウンターと、ボックス席がふたつの狭い店内には、平日のためか竹山しかいない。

「まだ二週間しか現場にいねえくせに、なんで、あんな生意気なんだよ!! 俺が一回り年上って分かってんのか!!」

遠慮なく、愚痴を叫び続けている竹山に、聖子はため息をつく。

「若いんだから、仕方ないでしょ。竹山ちゃんだって、昔は」

「いいや!! 俺は、もっと先輩を敬って……」

言葉を途中で止めた竹山の手に、ごつごつした大きな手が重なる。

「仕方ないわねえ、もっと愚痴聞いてあげるから」

聖子はつけすぎの睫毛を伏せる。

「もう店閉めて、ウチ来る？」

「……聖子、アゴ鬚、生えてきてるぞ」

「やーだー！　早く言ってよお！」

竹山から手を離し、のしのしと聖子はカウンターの奥へ消える。ウィーンという電動髭剃りの音を聞きながら、竹山はグラスをあおった。

松波の通う店とはかなり違うが、ニューハーフスナック桃源郷は、竹山にとっていい息抜きの場所だ。

竹山が兵庫県警に赴任してすぐのころ。深夜の東門街の通りで、聖子が流血しながら彼氏と喧嘩していたのを止めた。取り調べ中、聖子に店に来るようしつこく営業され、それ以来五年間通い続けている。

「メンヘラちゃん、今度連れて来なさいよ。竹山ちゃんにふさわしいかどうか、女の目で見たげる」

戻ってきた聖子は、ファンデーションをさらに顔に塗り込んでいた。

望月と同じぐらいの身長と体格。ド派手なドレスとカツラに、やりすぎな厚化粧で、どう見ても聖子は女には見えない。

「嫌だ。あいつと飲んでも、絶対楽しくねえし」

無表情な顔を思い出す。眉間にシワを寄せ、竹山は言葉を吐いた。

「メンヘラちゃん、仕事はちゃんとしてるんでしょ？」

リリコは赴任初日に事件を解決し、その後、二週間で五件の事件を解決した。

「……でも、先輩たちに対しての態度がなってねえ!!」

草壁の制止を聞かず、竹山の捜査についてくる。現場で、竹山をはじめ一係の人間に指示を出し、知識と洞察力で解決に導く。

リリコが赴任してから、振り回され、いつもいいようにこき使われていると、竹山は感じていた。

「そういうの気にしてんの、竹山ちゃんだけじゃないの？」

ぐっと、竹山は口を閉じる。

聖子のいうとおり、竹山以外の一係の人間は、現場でのリリコの態度に不満を見せていない。最初は嫌な顔をしていた草壁でさえ、最近は、『梅林寺君に協力して、一係の検挙率を上げていこう』と言うようになった。

鳥居に至っては、『竹山さんの空回り捜査がなくなって～、感謝です～。リリコちゃん、最高』と風間に漏らしていた。それを運悪く竹山が聞いていたため、げんこつを落とされる。

「……正雄《まさお》、ロックで」

「本名で呼ぶんじゃねえよ!!　ったく、竹山ちゃん、隼人君以外で、あたしに同僚の話したのメンヘラちゃんが初めてなの気付いてる？」

グラスを用意しながら、聖子はにやりと笑う。竹山はタバコに火をつけた。

四年前、研修生だった松波を、竹山は何度か桃源郷に連れてきた。それ以外では、ひとりで訪れ、あまり仕事の話はせず馬鹿な話をして帰る。聖子が松波を気に入っているので、様子を聞かれて答えるていどだった。

「メンヘラちゃんて、おばかな可愛い系の巨乳なの？　竹山ちゃんのタイプの」

ごほごほと竹山がせき込み、聖子はグラスを前に置く。

「あら、当たり？　やらしー、だから可愛がってんのねえ」

「全然違うわ!!　ガリガリですっぴんの就活生だぞ、可愛いわけねえだろ!!」

竹山はつけたてのタバコを消し、大きな声で叫んだ。

「やだ、竹山ちゃんロリコンに目覚めたの？　キモっ！」

「目覚めてねえわ!!　てか、松以外でってていうのは、あいつが初対面から……」

「きゃっ、竹山ちゃん、一目惚れしてロリコンに目覚めたんだ」

「あんな生意気な『メンヘラ』女に、惚れるか!!」

それから、散々からかわれながら、竹山は安いボトルを一本空ける。朝方にふらふらと店を出て、自宅のベッドに倒れた。


竹山は、寒さに目を覚ます。カーテンが大きく揺れているのに、気づいたとき。

「……なんで、お前が、ここにいるんだよ!!　仕事はどうした!!」

こちらを見る、無機質な瞳にも気付いた。

「今日は非番です。草壁警部に住所を教えてもらい、この部屋の前に着き、ドアノブを試しに回してみると鍵が開いていたので入りました。電話を何度かけても出てくれないので」

竹山が寝ているパイプベッドの横。床に正座しているリリコは、口と鼻にハンカチを当てながら状況を説明する。

「竹山さん、最近、臭くなかったのに、今、強烈に臭いです。すぐに、お風呂に入って準備して下さい」

寝ている顔を覗き込み、リリコは吐き捨てるように言った。掛布団を取り、上半身を起こした竹山は大きく口を開く。

「……てめえは、何様だ‼」

「こんな狭い部屋で、そんなに大きな声出さなくても聞こえます。あと、部屋自体が臭いです」

キッチンを仕切る扉を取った、十一畳の1K。バス・トイレ別で、大きなクローゼットがふたつ。自分には十分な広さで、わりと気に入っているこの部屋に、狭いと暴言を吐かれたのは初めてだった。

部屋の中には、必要最低限の家具だけ。フローリングの床が見えるほどには片づいているし、ほとんど外食なので台所も綺麗なままだ。ただ、ヤニの匂いがカーテンに染みつき、掃除は週一度。毎日、朝の掃除を欠かさないリリコに言わせれば汚いというのも仕方なかった。

「お前か！　窓開けたの！」

寝起きに罵られた竹山の機嫌は、かなり悪い。

「埃っぽいのと匂いに耐えられませんでした。あと、何か下半身に衣服を身に着けてくれますか」

昨日着ていたスーツが、床に転がっている。竹山は、シャツとボクサーパンツ姿だった。

「……お前、寝てるあいだに、なんかしなかっただろうな」

ベッドから出て、竹山は床にあったジャージのズボンを穿《は》く。

「それは、性的な意味でしょうか。私は、異性が寝ているところを襲い、快感を得るという性癖はありません」

竹山に背中を向けているリリコが答えた。

「あー、そうかい。風呂、入ってくるから窓しめとけ」

真面目に返された竹山は、クローゼットを開ける。着替えを持ち、玄関からすぐの風呂場に向かった。ちらりと振り返ると、ぴしりと正座している後ろ姿。

竹山は見間違いかと驚く。黒い髪の毛から、小さく覗《のぞ》く耳たぶが、少しだけ赤く染まっている。

竹山は、二度見してから風呂場に入った。服を脱ぐと、全身から酒の匂いがするのに気づく。風呂場で念入りに体と歯を磨き、部屋に戻った竹山は、目を大きく開いた。

「竹さん、お邪魔してます」

消臭剤の匂いが強く香る中、一人、増えていたからだ。

「竹さんもやるなあ、一ヶ月も経たずに、梅林寺さんに手を出すなんて」

そう言って、松波は白い歯を見せる。

「……おい!! 何、盛大な誤解してるんだ!! 梅林寺、お前、何言ったんだ!?」

小さくて低いテーブルを囲み、リリコと松波は向かい合っている。ほかほかと湯気を上げ、竹山はふたりに近づく。

「向かいの、名前も名乗らない失礼な方が勝手に誤解しているだけです。私が、竹山さんと性交渉を済ましたと。そう思われるのは、はっきり言って迷惑です」

松波の隣に座った竹山に、リリコが言った。

「こう見えても、竹さんモテるから、ちゃんと見張っとかないと駄目ですよ」

竹山より先に、にやにやと笑う松波が口を動かす。

「具体的に、どの層に竹山さんは需要があるんでしょう。私には、魅力がまったくわかりませんので、教えて頂けますか」

リリコの頭に竹山の大きい拳が落ちてくる。

「あははは、仲いいんですね」

「良くねえわ!! それより、松はどうしてここにいんだよ。仕事中じゃねえのか?」

滑りのいい頭の上で、拳を動かしながら竹山が聞いた。見るからに高そうなスーツを着た松波は、上下ジャージの竹山に答える。

「電話が繋《つな》がらなくて、直接お邪魔しました。すいません、梅林寺さんといちゃいちゃしてたの邪魔して」

「だから、」と、松波の言葉を否定するより先に、竹山は、リリコにどうしてここに来たんだと聞いた。

「頭から、手を離してくれたら答えます」

言われたとおりにすると、リリコがぼそりと言った。

「バーニーズパークに、いっしょに行って欲しかったからです」

「……なんだそれ?」

「ハーバーランドの期間限定イベントですよ」

松波が竹山に答える。

「……ハーバーランドって、神戸駅だよな」

「そうです。竹さん、デートで行ったことあるでしょ？」

返せない竹山に、松波がにやりと笑う。

「今日の朝、テレビで、男女一組でないと参加できないイベントがバーニーズパークで開催されているのを知りました。そこで、非番の竹山さんに頼むため、こちらを訪れました」

ふたりに構わないようすのリリコが言った。竹山は少し間を置いてから口を動かす。

「……お前、……彼氏とかいないのか？」

「私に、親しい他人はいません」

「竹さん、今から、梅林寺さんといっしょにバーニーズパークに行ってくれませんか？」

突然、会話に入った松波の顔を竹山は見た。

「……松、何、言ってんだ？ 俺にも、予定が」

「今日の晩、高級焼肉と飲み代全部持ちますから、お願いできませんか？」

これからもう一度惰眠を貪り、夜から酒を呑もうと思っていた。竹山の耳に、松波の言葉が甘く響く。

「……なんか、事件か？」

竹山の言葉に、松波の顔が少し硬くなる。スーツの胸ポケットから、隅が焦げた紙と写真を一枚ずつテーブルに置いた。リリコは、ふたりのようすを黙って見ている。

「梅林寺さん、自己紹介が遅れてすいません。僕は、大阪府警捜査第二課に所属する管理官の松波隼人です」

「お名前は存じています。先輩に対し、失礼な態度をとってしまい申し訳ありません」

お前は、松にはそんなこと言えるんだな、と竹山は思った。

「本日の早朝、大阪府警に爆弾付きの予告状が投げ込まれました。【バーニーズパークで爆破を起こす】と。梅林寺さん、竹さんといっしょに犯人を確保してくれませんか」

竹山は目を大きく開き、リリコは「わかりました」と小さく言った。

## 2

JR線で元町駅の隣、神戸駅からすぐのハーバーランド。大きなショッピングモールのある再開発地区だ。

海側からは、赤いポートタワーに、白い波を模した大きなモニュメントが見える。これぞ神戸という景色に、海を挟んで【バーニーズパーク】の特設会場があった。

ふだんは遊覧船乗り場しかない、広いコンクリートの道。みっつの大きなテントが張られ、飲食できる屋台が立っている。

平日の正午過ぎだが、カップルや家族連れで賑わっている会場。松波から渡された無料券で、場違いなふたりは風船でできた門をくぐった。

「本日はバーニーズパークにようこそ！　来園記念に写真を撮りますので、寄り添ってくれますか！」

入ってすぐ、ウサギの耳をつけた係員に止められる。

「さあ、恥ずかしがらずに！　おふたりのラブラブなところを見せて下さい！　撮りますよー！」

カメラに向け顔を歪《ゆが》め、竹山は隣の肩をつかむ。フラッシュが光ったあと、すぐにリリコは竹山の手をつかんで払う。

「不必要に、触れないで下さい」

「……な、触りたくて触ったんじゃねえ!!」

「おふたりは、喧嘩するほど仲がいいんですね！　ぜひぜひ、クローバーランドの世界が体感できるクローバーダンジョンに行って下さいね！　お帰りの頃には、写真ができてますので、受付でお尋ね下さい！　では、いってらっしゃい！」

テンションの高い係員は、二人に大きく両手を振った。リリコはパステル色のメルヘンな会場を足早に進み、竹山はその後ろをついていく。

「なあ、腹減らねえか？　予告時間まではまだあるし、なんか喰ってから、その、お前が行きたいところに行けばいいんじゃねえの？」

「何言ってるんですか。クローバーダンジョンに早く行かないと。先着五十カップルにしか、黒ぴょんストラップは配られないんです。急がないと、ここに来た意味がなくなります」

歩みを止めず、振り向きもせずにリリコは早口で答える。

「なんだよ、その黒ぴょんって？」

何を言ってるかわからない竹山は、聞き取れた単語をたずねた。

「竹山さん、本気ですか。もしかして、クローバーランドをご存じないんですか」

華奢《きゃしゃ》な背中が止まり、竹山は慌てて立ち止まる。

「知らねえよ、なんだよ、そのなんとかランドって？」

リリコは竹山の顔を見上げ、大きく息を吐いた。

「クローバーランド。略してクロランは、今は携帯ゲームでプレイできますが、もともとはケータイやパソコンでプレイできるオンラインゲームでした。今年の初めにＴＶアニメになり、子どもから大人まで人気があるんです」

「ああ、暇つぶしのヤツか」と竹山が返すと、目の前のメガネの奥がぎらりと光る。

「クローバーランドを、そこらのオンラインゲームと同じに捉えないで下さい」

竹山が口を閉じると、小さな口が動き出す。

「オンラインゲームと言えば、中毒性が高く、課金や、男女のイカガワシイ出会いの場になるなど、問題視されることが多いのですが、クロランは当初から無料で課金はいっさいなく、禁止ワードや管理体制がとてもしっかりとしています。だからこそ、携帯ゲームに移植され、多くの子どもが夢中になりファン層を拡大できたんです。そして、なんといっても、ゲーム性が素晴らしく、動物に扮したアバターになって、自然あふれる世界でまったりとした生活を送り、知り合いになった仲間とクエストで遊ぶのですが、一見すればゆるいゲーム性に奥深さがあり」

「……分かった!!　もう、充分だ!!」

濁流のようなリリコの説明に、竹山は声を上げる。

「まあ、クローバーランドの魅力を語りつくすには、かなりの時間を要しますので、また今度ゆっくり話します」

「遠慮する」と言う前に、リリコの口が動く。

「黒ぴょんは、クローバーランドの管理人兼案内係の黒いウサギのキャラクターで、クローバーランドのプレイヤーにとって、深い好意を抱く存在になります。黒ぴょんグッズは人気がとても高く、その中でも黒ぴょんストラップは店頭でもネットでも売り切れが続いていて、今現在は、クローバーランドの催しである、バーニーズパークのクローバーダンジョンのアトラクションで入手するしかありません」

「それで、俺の家に押しかけたのか」と竹山が言った。

リリコは「その通りです」と、悪びれもせず答える。

「竹山さん、行きますよ。早くしないと、先着にもれてしまいます」

呆気に取られている竹山を促すと、リリコは再び背を向けて歩き出す。足早に進む背中を追うと、竹山の目の前に、ひとつのテントから延びる行列が現れる。

「竹山さん、早く、並びますよ」

竹山の腕を引っ張り、リリコは列に並ぶ。

「おい、俺には触るなって言っといて」

「緊急事態です」

「……てかさ、お前、なんで、休みの日なのにスーツなんだよ？」

そう聞いた竹山は、松波の指示で、ふだんより小綺麗な私服を着ている。

『目立たないように、ふたりはカップルのフリをして下さい』

そう言われたが、リリコは着替えに戻るのを拒否した。

「私服の私を見て、竹山さんが好意を抱いたら困るからです」

竹山は、目を大きく開き口を閉じた。

「それに、今日のメガネは休日仕様です」

そう言いながら、赤いフレームをリリコは指で指した。

「……お前みたいなガリガリ、全然タイプじゃねえから!!」

「生意気で可愛くねえ」という言葉は、なんとか抑えた。

「良かったです。私は、いつ死ぬかわかりませんから、好意を抱かれても困るので」

竹山は大きく息を吐き、言葉を重ねる。

「……それに、人に向けて刃物振り回して、暴言吐く、凶暴な女もな」

「振り回してはいません。突きつけ、威嚇するだけです」

一週間前、リリコの初めての取り調べを思い出す。


竹山はリリコとともに、容疑者を取調室におびき寄せた。リリコは逮捕に有力な証拠を突きつけ、淡々とした口調で追いつめていった。容疑者は激昂《げきこう》し、リリコに摑みかかる。寸前で、騒ぎに気づき部屋に入ってきた望月に取り押さえられたが、被害者に対し、聞くに堪えない暴言を吐く。

それに対し、竹山より、リリコが先に声を上げた。

『あなた、本当に、ゴミクズカスですね』

静かに言い、容疑者の眉間に鈍く光る刃先を立てた。

刃物を向ける目は、本気だった。

静かになった容疑者は、望月に引きずられて出ていき、竹山は小さく震えている背中に

『大丈夫か』と声をかける。

『始末書の書き方を教えて下さい』

そう言ったあと、リリコはポケットから小瓶を取り出し、錠剤を飲んだ。目を見開いた竹山の前で、普段から白い顔をさらに白くしたリリコは、床に倒れた。

「……お前、体調大丈夫なのか？」

竹山は、規則的な寝息が聞こえて心底ほっとしたのと、抱き上げたときの柔らかな感触も思い出してしまった。

「大丈夫です。望月さん、お礼を受け取ってくれなかったんですが、甘いものがお嫌いなんでしょうか」

「も、望月さんは、謙虚なんだ。ぶっ倒れた後輩を家に送ったぐらいで、お礼なんて受け取らないくらい……」

リリコに大きな菓子折りを渡され、望月は困惑した顔で竹山のほうを見ていた。菓子折りは、リリコ以外の一係の皆で食べた。

「そうですか。そういえば、翌日、取調室で私の141Bが見当たらなかったんです。竹山さん知りませんか？」

ほっと小さく息をつき、竹山は返す。

「……141Bって、なんだよ」

「オルファ141Bは、軽量で切れ味が良いのに水洗いもできる、私の経験上、もっとも優れたカッターナイフです」

そう言って、リリコは赤いフレームの奥の目を光らせた。

「俺の机に入ってるけど、……お前、これから振り回さないって約束しろ」

「ですから、振り回してはいません。まあストックは切らさない主義なので困りませんが」

「おい、ここで出したら銃刀法違反で捕まえるぞ」

リリコは、ポケットに入れた手を出す。鈍い光を拝むことなく、竹山は小さく息をついた。

ゆっくりと進む列に並ぶふたりは言葉を交わさなかった。その間、竹山はリリコについて考えた。

初対面での仕打ちや、自分や一係の人間に対する態度は気に食わない。だが、仕事に対し熱心なリリコの姿勢を、癪《しゃく》に障りながらも竹山は認めつつあった。

こいつが男だったらと、竹山は思っていた。言動は粗野な竹山だが、女子供に対してはどうしても弱かった。恋愛対象外の、生意気な部下だとしても。

「竹山さん、どうかしましたか？」

列が半分ほど進み、リリコが口を開く。

「さっきから、私の顔を見てますが。まさか、今現在の状況に感化され、恋愛フラグが立ちましたか」

口を開いた竹山の耳に、どおんっと、大きな爆発音が響く。

腕時計を見ると、予告より二時間早かった。ざわざわと騒ぎ出した列から、ふたりは離れる。竹山は近くにいた係員に声をかけ、警察手帳を見せた。

## 3

係員の無線のおかげで、現場まではすぐに着いた。ふたりが並んでいたテントと、別のテントのあいだ。人垣を抜けて、白い煙が上がるゴミ箱の前に立ち、竹山は携帯を取り出す。

『少し前、県警に通報がありました。父親が、もうすぐそちらに着くそうです。竹さん、早く、犯人を見つけてあげて下さい』

松波の声を聞いていると、竹山の視界にリリコが入る。白い手袋を着け、ゴミ箱に手を突っ込んだ。

「おい!! 何やってんだ!?」

「竹山さん。ありましたよ、爆弾」

歪んだペットボトルを手に、リリコが言った。

「梅林寺!! それ、下におけ!!」

リリコは言われたとおり地面に置く。竹山は通話を切り、係員にすぐ指示を出す。客を誘導し、白い煙が消えたゴミ箱周辺を、赤いカラーコーンで囲みはじめる。

その様子を見てから、竹山はリリコに近づき、頭を軽く叩いた。

「お前なあ、嫁入り前の体になんかあったらどうすんだよ!!」

白い手袋をしたままのリリコは顔を上げ、口を開く。

「嫁に行くことなんて、ないから、いいんです。それより、早く犯人を捕まえましょう。松波さんに、さっき言われませんでしたか？」

言いたいことはまだあったが、竹山は口を閉じる。リリコは黒い鞄から、入場時、係員から渡された地図を取り出し、広げると、その前にぺたんと正座する。

「爆破予告にあった、会場のステージで三時から行われる黒ぴょんとの握手会の前に、威力を試すのと、威嚇のために、犯人はここで爆発させたんだと思います。本当にやるんだという意思を見せるために。おそらく犯人は、今の状況を確認するため近くにいます。すぐに係員の方に、ひとりで行動している児童の保護をお願いして下さい。それと」

リリコが言葉を途中で止めた。職員がカラーコーンにヒモを通している。それを見守る人垣から、ふたりに鋭い視線が向けられていた。竹山がゆっくりと顔を向ける。視界の端の黄色が、すぐに消えた。

竹山は地面を蹴《け》る。自分の幼い頃を思い出しながら、両足を動かす。やはり、まっすぐだ。会場の奥へと竹山は走る、周りの人間が道を開けていく。黄色に目がけ、速度を上げた。

「待て!!　逮捕しないから止まれ!!」

声を大きく上げ距離を縮めていく。竹山の手に、黄色い毛糸のマフラーが握られる。

「……嘘だ!!　僕のこと、牢屋に入れるんだ!!」

高い声で叫んだ、竹山の腰までしかない小さな男の子。マフラーが外れ、男の子が逃げる。柔らかい感触を握りしめ、竹山は追う。会場の一番奥、爆破予告現場の小さなステージ。

逃亡者は、どん帳に囲まれた壇上に上る。

「来ないでよ!!　来たら、ここで、爆発させるよ!!」

壇上のど真ん中で、名門小学校の制服を着た男の子が叫ぶ。周りの視線が集まり、竹山は肩を上下し呼吸を整える。最悪な状況に片足を踏み出した。

「来ないで!!」

竹山が壇上に上がる。男の子は、背中に背負っていたランドセルを両手に抱えた。

フタを開け、2ℓのペットボトルを見せる。竹山の顔が、透明な中身と同じくらい白くなった。

飲み口がティッシュと輪ゴムで止められた、ペットボトル。中にはドライアイスの白い煙がうねっていた。

ステージに注目している周りの人間は、何が起きているかわからないという顔をしている。集まっている視線を遮るため、竹山は男の子の前に立った。

「もうすぐ、お父さんがここに来る。だから、それをおじさんに渡してくれないか」

「嘘だ!! パパは、お仕事に行っちゃったもん!!」

松波から渡された写真に写っていた、目の前にいる男の子。府警の警視の息子というのもあるのか、利発そうな顔をしている。

「嘘じゃない」

竹山はなるべく優しい声を出す。男の子は、少し間を空けてから答える。

「……本当に? でも僕、学校行かずに……ここにいるんだ。パパ……、怒るよ……」

まだ声変わりもしていない声が小さくなり、竹山は体の力を抜いた。

「……そうだね、お父さんは怒るかもしれない。でも、……君が、それで誰かを傷つけるほうが、もっと怒るし、悲しむと思うよ」

興奮して赤くなっていた男の子の顔が、みるみる白く変わっていく。

「最初に約束を破ったのはお父さんだから、もし、ここに来て君を怒るなら、おじさんが怒ってあげるよ」

男の子の顔に、赤みが戻ったときだ。周りの人間が動きを止めている中、ぱたぱたという足音が聞こえてくる。

「そこの小学生男子、ランドセルを置いて、すぐにこちらに来なさい」

竹山が振り向くと、息を切らすリリコの姿があった。

「あなたのやっていることは、立派な犯罪です。早くしないと、牢屋に入れますよ」

「お前、何言ってるんだ」とリリコに言う前に「嘘吐き」という小さな声が聞こえた。振り返ると、男の子はペットボトルのフタをしっかりと閉めた。

「竹山さん!!」

背中から、初めて聞くリリコの大きな声。考えるより先に、体が動く。男の子の片手にある、膨らんだ白い物体を蹴り上げた。

宙に舞うペットボトルを、周りにいる全員が見上げたとき、会場にファンシーな音楽が大音量で鳴り出し、どおんっという音を立て、薄い青空に光の花が咲いた。

周りの人々は、次々と上がる花火に声を上げ始める。

『今日は、バーニーズパークに来てくれてありがとう！　僕からのプレゼント、喜んでくれたかな』

花火の音のあと、甲高い声のアナウンスが聞こえてきた。どん帳の奥に竹山と男の子を引っ張ってきたリリコが、ぼそりと漏らす。

「黒ぴょんだ」

男の子と声がかぶり、竹山は目を丸くする。

『今から、中央広場に来てくれるかな。みんなと会えるの楽しみだなあ』

会場から大きな歓声が聞こえ、しゃがんでいたリリコと男の子が立ち上がる。

「……おい、お前らは、行けねえから」

遅れて立った竹山は、ふたりの肩をつかむ。

「竹山さん、あなた馬鹿ですか。黒ぴょんと会える機会なんて、これを逃せばいつあるかわからないんですよ」

リリコの言葉に、男の子はこくこくと首を振る。

「クロランはイベントをすることはほとんどなく、都内ではなく神戸で行われ、しかも黒ぴょんが来てくれるなんて、今後こんな」

「うるせえ!!　仕事しろ!!」

「……本当に、ご迷惑をおかけしました」

黒ぴょんの握手会が始まった頃、父親が男の子を迎えにきた。立場も関係なく、竹山とリリコに深々と頭を下げる。

「いいえ、たまたま、会場で迷子になっていたのを保護しただけですから」

事情を何も知らないふりで、リリコは平坦な声を出す。隣にいた竹山は、助かったなと思った。刑事のくせに、嘘が下手くそなのを自覚しているのだ。

「……パパ、ごめんなさい」

「本当だ。イタズラにしては、度が過ぎているぞ」

一ヶ月前、男の子は理科の時間にペットボトル爆弾を作った。

ドライアイスを入れ、密封すると、体積が数百倍になり爆発する。手軽に作れ、コンクリートを砕くほどの力をもつ。悪用すれば事件になり、罪に問われる代物だ。

そして今朝、登校の途中、男の子は父親と府警に寄った。父親を見送ったあと、ペットボトルを投げ込んだ。そのようすは、府警の監視カメラにしっかりと映っていた。

ペットボトルに張り付けられていた、『今日、黒ぴょんの握手会を爆破させます』という犯行声明が息子の字で書かれていると気付いた父親は、松波に頼んだ。神戸に向かい、事件になる前に保護してくれないかと。

「黒ぴょんに会えるの楽しみにしてたもんな。握手会、行くか？」

「本当⁉」

父親が来てから、ずっとしょんぼりとうなだれていた男の子が、顔を上げた。

「今日みたいなイタズラはもうしないと、約束できるな？」

男の子はこくりと頷き、表情を崩した。父親は小さな手を繋ぐ。

小さな爆弾犯は、やっと笑顔を見せた。

「では、私たちはこれで失礼します。竹山君、梅林寺君、非番の日に悪かったね」

「ばいばい、おじちゃん。ラブラブしてきてね」

そう言って、男の子は満面の笑みをふたりに向ける。親子の姿が小さくなってから、竹山がぼそりと言った。

「子供は、現金なもんだな」

「そうですね。では、私も、握手会に行ってきます」

「ちょっと待て。なんで、あんなタイミング良く花火が上がった？」

竹山はゆるんだ顔を戻し、隣にいるリリコに聞いた。

「竹山さんが男の子を追ったあと、係員に無線を借りました。犯人と竹山さんの、ステージ上でのやりとりをそれで聞いていたとき、バーニーズパークでは日が暮れると花火が上がると、今朝のテレビで言っていたのを思い出しました。それから職員の方に、合図をしたら花火を打ち上げ、握手会の場所の変更を放送してくださいとお願いして、ステージに向かったんです」

あの短時間によくそこまで、と竹山は思った。

「私のとっさの判断は、間違っていなかったはずです。松波さんの指示どおり、周りに知られることなく男子を無事保護できたのに、なぜ、竹山さんは不服そうな顔をし、私の邪魔をするんですか」

会場にいる人間は、皆楽しそうな顔をしている。竹山の表情はそれと正反対だ。

「……なんで、あのとき、ワザと挑発するようなこと言ったんだ？」

「合図として、あの台詞を職員の方に伝えていました。竹山さんは気づいてなかったようですが、胸にマイクを付けていたんです」

「合図で……台詞だと？」

「はい、あの男子の行動から予想できるパターンだったんです。ああ言えば、ドライアイス爆弾のフタをするだろうと」

竹山は目を大きく開いた。

「私が取り上げる予定でした。なのに、竹山さんが、先に動いてしまったんです」

はーっと大きく息を吐いて、竹山はリリコの腕をつかんだ。

「何、するんですか」

「膝、見てみろ。『メンヘラ』は、痛みを感じないのか？」

リリコは、ストッキングが破れ、血が滲んでいる自分の膝小僧を見る。

「そんなことはありません。ステージへ逃げたときでしょうか、気づきませんでした」

もう一度大きくため息をついてから、竹山は軽い体をずるずると引きずり、会場の救護室へ向かった。

## 4

リリコが手当てをしている間、竹山は総合案内所で係員に話を聞く。リリコの捜査演習だという嘘を、係員はまったく疑っていない。そして、これつまらないモノですがとお土産をくれた。

渡されたモノを見ていると、松波から電話が掛かってくる。

『お疲れ様でした。非番の日に、本当にすみませんでした』

外に出て、竹山は小声で話す。

「後始末は、任せて大丈夫なんだな」

『はい、県警にも、会場にも情報操作は終わってます。だから、竹さんたちがデートしてるのは、僕と親子しか知りませんよ』

「デートじゃねえから」

『まあ、知って欲しい気もしますけど』

松波の言葉に、竹山が口を開く。

「誰にだよ」

『竹さん、僕一度府警に戻りますんで、ＪＲ三ノ宮駅に六時待ち合わせでいいですか』

「……いいけど」

『梅林寺さんも誘ってくれませんか。今日は、ご迷惑をおかけしたんで』

「分かった」と答えると、松波は「あとで」と電話を切った。

竹山は首を傾げたあと、救護室に向かう。

「これから暇か？　松が、お前も……」

救護室を出て、竹山の言葉が終わる前に、リリコは足早に進んでいく。

「おい、どこ行くんだよ」

竹山が細い腕をつかむと、小さく聞こえた。

「今日、ここに来た目的をまだはたしていません。どうぞ、竹山さんは帰って下さい」

リリコが振り向かずに言った。竹山は、はーっと大きな息を吐く。

「…じゃあ、俺も行かなきゃいけねんだろうが」

「結構です。係員の方に事情を説明するか、最終的手段として、そこらにいる男性に声をかけますから」

竹山は正面に回り、リリコの額を指で弾《はじ》いた。

「……行くぞ!!」

冷たい手を、竹山は大きく熱い手で包む。リリコは振り払わず、大きな歩幅に遅れないようついて行く。

ふたりが再び着いたテントの前に、列はなかった。入り口に、本日は終了しましたと看板が揺れている。隣にいるリリコの顔を、竹山は覗き込む。

表情は変わらないが、たぶん、落胆しているんだろう。

「残念だったな。でも、これが欲しかっただけなんだろ？」

そう言って、繋いでいない方の手をポケットに入れる。竹山はごそりと探り当てたモノを、顔の前で揺らす。

「これ……、どうして……」

赤縁メガネの奥の瞳が、一瞬で大きくなる。リリコの顔の前には、黒いふわふわしたウサギの小さなぬいぐるみ、黒ぴょんストラップがあった。

「職員の人が、土産だってくれた。ほら、受け取れ」

竹山は温度が上がったリリコの手を離し、柔らかい感触を乗せる。

「お前、今日はこれで用事なくなったんだろ。松が、いっしょに焼肉どうだって言ってるけど、どうする？」

「……あ……」

小さすぎて聞き取れなかった。竹山はリリコに近づき、唇の動きを見る。何も塗っていないのに、桜色なんだなと気づいたときだ。

「……ありがとうございます……」

予想していなかった言葉と、目の前の表情。竹山は目を大きく開き、その場でかちんと固まった。

「竹さん、お腹壊してるんですか？　全然食べてないですね」

じゅうじゅうと、肉が焦げる音と匂いを前に、竹山の箸は珍しく動きが鈍かった。バーニーズパークをあとにし、日が暮れてから、薄暗い高級焼肉屋の個室に竹山と松波はふたりでいる。

「……大丈夫だ。生、頼んでもらっていいか」

「はい。竹さん、梅林寺さんと何かありましたか？」

ビールの残りをあおっていた竹山は、激しくむせはじめた。

「喧嘩でもしたんですか？　ダメですよ、女の子には優しくしなきゃ」

内線で注文をしたあと、松波はそう言って笑顔を作る。咳をくり返したあと、竹山は口を開いた。

「……梅林寺とは何も」

「ないでしょうね。すいません、からかい過ぎました」

店員が持ってきたジョッキを竹山に渡し、松波は悪びれずに言う。

「梅林寺さんも来れば良かったのに、残念ですね」

「なんだよ、俺だけじゃ不服かよ」

肉を口に入れ、竹山は思い出す。

固まった竹山に、表情を一変させ、リリコは平坦な声を上げた。『私は、夜にカロリーの高いものを食べる習慣はありません』と言い捨て、背中を向けた。

「僕、梅林寺さんのこと、気に入ったんです」

喉に肉が詰まりそうになり、竹山はビールで飲み干す。

「梅林寺さん、すごく、可愛いと思いませんか？　僕、久しぶりにときめきました」

にこにこと楽しそうに話す松波に、竹山は口を開く。

「……お前……、本気か？」

「はい。ああいう女の子を支配するのって、とっても楽しいんですよ？」

笑顔の松波は、瞳を光らせる。

「あの、表情がない整った顔が、揺らぐところを見てみたいと思いませんか？」

松波の歪んだ発言に、竹山は数時間前に見た表情を思い出す。

「……俺は、思わない」

「そうですか」と、松波は残念そうに言う。

「……それより、あいつ可愛いかあ？　ガリガリだし、無表情で何考えてるか分かんねえし、生意気で人の言うこと聞きゃあしねえし」

「僕には、魅力的です。竹さん、手を出したらだめですよ」

目が笑っていない顔に、竹山は大きな声で返す。

「誰が、あんな『メンヘラ』女に手え出すか!!」

「なら、良かったです。竹さん」

松波が真面目な表情を作り、竹山はジョッキを置いた。

「梅林寺さんは、十年前の、須磨の事件の被害者です」

竹山の腹から感じていた温かさが、一瞬で冷えた。少し経ってから、松波が言った。

「だから、警視庁を蹴って、兵庫県警に赴任を強く希望したと聞きました。竹さん、梅林寺さんとは、あまり関わらないほうがいいと思います」

消臭剤の匂いを感じながら、竹山はベッドにごろりと横になった。

早めに帰宅した理由は、鈍い頭の痛みのせいだ。別れ際の心配そうな松波の顔を思い出す。竹山は上半身を起こし、ジャケットのポケットに手を入れる。

くしゃりと歪んだタバコの箱を取り出し、床に落ちたものに竹山は目線を落とした。

そっと竹山が拾い上げた写真。無表情の生意気な後輩と、無理やり笑顔を作った自分。ストラップをもらったとき、職員にいっしょに渡されたものだった。

歩き出した背中を追いかけ、一枚を渡したとき、リリコが竹山に言った。

『竹山さん、顔、思い切り引きつってますね』

反論する暇もなく、リリコは去っていった。

写真を、目の前の低いテーブルに乱暴に置く。竹山は、くわえたタバコに火を点け、煙とともにつぶやく。

「……お前こそ、できるくせに」

思い出すと、頭の痛みが増した。

「……んだよ、これ……」

片手で頭を抱えながら、タバコを灰皿に押し付ける。竹山は、今の症状が、十年前から続くものだと気がつく。

「……くそっ‼　なんなんだよ‼」

竹山は強い頭痛に耐えきれず、床に転がった。

『梅林寺さんは、十年前の、須磨の事件の被害者です』

松波の言葉が聞こえ、目の前に、十年前の景色が浮かぶ。

冬のイルカショーのプール。

竹山は目を閉じ、再生された映像を強制的に切った。

## 5

バーニーズパークをあとにしたリリコは、職員に渡されたバーニーズパーク饅頭《まんじゅう》を持って花房診療所へと向かった。

ハーバーランドから歩いて三十分、三時前に着いた。まだ寝ている時間かもしれないと、診療所の前でリリコは気づく。

ポストに入れようとしたが、口が小さくて入らない。どうしようかと思っていたら、中から絶叫が聞こえた。

リリコが診察室の扉を引くと、鍵が掛かっていなかった。中に入ると、診察室までの床にぽつぽつと赤い丸。そして、野太い絶叫が聞こえてくる。

扉の鈴の音に気がついたのか、マスクから顔がはみ出ている花房医師が、診察室から現れる。

「リリコちゃん、こんにちは。ちょっと待っててね。取り込み中だから」

リリコに笑顔を残し、点々と赤が散っている白衣を着た花房医師は、診察室に戻った。

残されたリリコは、ところどころ破れているソファに腰かける。「痛いー」という絶叫に、「我慢しろ」という花房医師の声が聞こえる。

リリコは上着のポケットを探った。手にした写真を見ながら、ぼそりと呟《つぶや》く。

「……私、こんな顔してるんだ……」

十年振りの、盗撮でない写真。

そこに写る自分の顔を、リリコはしばらく見つめていた。

「ったく!!　金払ってんだから、もうちょっと優しくしなさいよね!!」

診察室から出てきた、大きな人影に気がつかないくらいに。

「あれ？　あんた、患者さん？　ちょっと、ジジイお客さんよ!!」

がしりりと、リリコは後ろから肩をつかまれた。ポケットに手を入れ、顔を上げる。診察室の扉から、顔だけ出した花房医師の目が大きく開かれた。

「ちょっと、リリコちゃんに何してんの⁉」

「何よ、ヤブ医者!!　何もしてないわよ!!」

坊主頭に、すっぴん。ジャージ姿の聖子は、額に大きなガーゼを当てた顔を、リリコに近づける。花房医師が慌ててふたりに駆け寄った。

「あら〜、デートしてきたのお？　……え？」

写真を鞄に入れようとしたリリコの手を、大きくゴツイ手が止めた。

「ちょっと、なんで？　あんた、竹山ちゃんのニュー彼女⁉」

写真とリリコの顔を交互に見て、聖子が大きな声で言った。

「デートではなく、仕事です。竹山さんは、私のことを、生意気な後輩としか認識していません」

リリコは、聖子の顔をまっすぐに見て言った。「え」という口を開けたまま、花房医師はふたりの顔を交互に見ている。

「なるほど。竹山ちゃんのタイプじゃないわね」

聖子が、リリコを上から下まで見て言った。目の前の無表情の顔の中、右眉がぴくりと動き、あら、と思う。

「メンヘラちゃん。近いうちに、竹山ちゃんと一緒に呑みに来てね」

聖子は、そう言ってにやりと笑った。リリコから手を離し、「絶対よ」と言ってから診療所を出ていった。

「リリコちゃん、聖子と知り合いなの？」

花房医師は白衣を脱ぎ、心配そうな顔をリリコに向ける。

「いいえ、初めてお会いしました。竹山さんの知り合いのようですね」

「そうか」と花房医師が言うと、リリコは「何か、事件ですか」と聞いた。

「ああ、なんか彼氏と殴り合いしておでこ割られたって。寝てたのに叩き起こされちゃったよ。聖子は男運ないオカマだからな。それより、リリコちゃん。竹山さんと……その、どうなってんの？」

今日、三人目の似たようなセリフに、リリコは「帰ります」と言った。

饅頭の包みを渡し、診療所をあとにする。通りに出てタクシーに乗り、行先を伝えてからリリコは目を閉じた。まだ、日が高いのにと思い、瞼を開ける。

タクシーはすぐにマンションに着き、リリコは鞄から財布を取り出す。そのとき、ふわりと黒い何かがシートに着地した。

「お客さん、それってクローバーランドの黒ぴょんですよね？」

後部座席に体を向ける、若い運転手が声を上げた。

「それ、どこで手に入れたんですか？　今、売ってないですよね？」

「……もらいましたけど」

「へえ、いいですねえ。うらやましいなあ。僕もクロランやってるんですよ」

「……あの、これ、良かったらどうぞ」

そう言って、リリコは運転手に差し出す。

「もらったものですが、それでも良ければ」

運転手は大きく目を開き、その目を細めてから言った。

「お客さん、もらったものは大事にして下さいよ」

柔らかさを握り、リリコは「そうですか」と言った。

支払いを済ませ、部屋に帰ると、どっと体が重くなる。手の中身をリビングのローテーブルに置く。黒いウサギは行儀良く座った。つるりとしたプラスチックの瞳を、ソファに座るリリコに向けている。

その姿を見ながら、リリコはテーブルの上にあるノートを取る。昨日の続きを開き、鞄を探ってペンケースを取り出す。白いページを染めたあと、リリコは寝室へと移動する。


もらったモノは大事にしないといけない。

でも、気持ちがこもっていなければ意味がないと思う。

死にそうなくらい、体がダルイ。

早く、死にたい

青い文字を、黒いウサギが見ていた。

# 第3話 ╳ 賢者のベッド

Insanity Police Balling File.3

# 1

二日酔いではないのに、頭痛が治まらない。

竹山はバーニーズパークに行った次の日、病院に寄ってから出勤した。

「竹山さ〜ん。梅林寺さん、来てないんですけど〜」

正午近く、一係の部屋に入ると鳥居が近づいてきた。つけ過ぎな男物の香水の匂いが、竹山の鼻を強く刺す。

「ああ？　連絡してみたらいいじゃねえか？」

頭痛の原因を特定できず、もらった薬が効かない。竹山はいつも以上に、不機嫌な声を上げる。

小柄な鳥居は竹山の顔を見上げ、口を動かす。

「いいんですか〜そんなこと言ってえ〜」

にやにや笑う鳥居に、竹山のイライラは募る。

「昨日、梅林寺さん、竹山さんの家に行ったんでしょ〜？　草壁警部が、今日の朝、慌ててましたよお～？　今、竹山さん家で寝てるんじゃないんですか～？」

鳥居が下世話な憶測を言うのと同時だった。竹山の拳が、きちんとセットされた頭に落とされる。

「そんなこと探ってる暇あったら、現場に出るか、風間さんみたいに昇進試験の勉強でもしとけ!!」

ぐりぐりと鳥居の髪の毛を乱し、竹山は叫ぶ。

「……すいません。いつも、みなさんに現場に行ってもらって……」

「いや、いいんすよ。それより、奥さんと連絡取れてますか？」

涙目の鳥居から手を離し、竹山は風間に聞く。答えは、曇った顔だった。

風間は四十も半ばだが、階級が巡査部長で止まって久しい。順調に出世すれば、三階級上の警視になっていてもおかしくない歳だ。そして、妻子と別居状態が続いている。落ち続けている昇進試験に受かってから迎えに行くと、風間は公言していた。

一係では、風間をなるべく捜査から外し、勉強の時間が取れるよう協力している。

「年末は風間さんも出てもらわないと回らないんで、今のうちに頑張って下さいね」

「……はい。……今回は、梅林寺さんのおかげで受かりそうな気がします」

「は？」

「……事件をどんどん解決してくれるし、……梅林寺さん、事情を話したら、勉強を教えてくれているんです。……とてもわかりやすくて、助かってます」

「あいつ、いつのまに」と竹山が漏らし、顔を渋らせる。

「竹山さんが外で走り回っているあいだにですよ～。いや～、最初の自己紹介から痺《しび》れましたけど、今や、梅林寺さんは、捜査第一課の、いや、県警のアイドルなんですから～。本当に、リリコちゃん最高」

頭を片手で押さえ、笑顔の鳥居が言った。

竹山が目を開くと、部屋の奥からのそりと大きな人影が動く。

「あ、望月さん。おはようございます。どうしました？」

頭ひとつ大きな望月が、竹山の前に立つ。グローブのような手に握られた、携帯の画面を見るよう無言で促す。

『件名：すいません m(_ _)m
本日、高熱が出てしまいお休みを頂きました >＜

望月さんのフィナンシェ食べたかったです（;_;）

明日には出勤しますので、取っておいてもらえたら嬉しいです（＞◁＜）

♪リリコ♪』

「そっか～、梅林寺さんお休みなんだ～。せっかく、クロランの隠しアイテムあげようと思ったのにな～」

横から覗いた鳥居が、口をとがらせて言った。風間は「聞きたい問題があったんですよねえ」と残念そうな声を上げる。望月は携帯を胸ポケットにしまい、サングラスの奥の瞳を曇らせた。その様子に、竹山が唖然《あぜん》としていたときだ。

「おらっ、お前ら!! 何、がん首並べて暇そうにしてんや!!」

大きく扉の音を立て、桜田が現れた。

「さっき店に強盗が入ったんだと!! 怯《おび》えて可哀想やから、早く対応してやれや!!」

桜田の背後に、コンビニの制服を着た中年男性がいる。怯えているのはお前のせいだろと、竹山は思った。

「ああ、じゃあ、僕、担当しますね～」

そう言って竹山の尻を叩き、鳥居が桜田に近づいた。

驚く竹山に、風間が小さな声を出す。

「……竹山さん、梅林寺さんのようすを見にいってくれませんか？」

なんで俺がと言う前に、両腕にピンクの布が掛かったバスケットが収まる。望月が両手を合わせ、竹山に頭を下げた。

「……お願いしますね」

風間は頼りない笑顔を作り、望月は首を縦に何度も振る。鳥居に目を向けると、桜田に見えないよう、「早く出て」というジェスチャーをしてくる。小さく息を吐き、竹山は開けっぱなしの扉に向かう。

2

竹山は一階に降り、県警を出る前に喫煙所に寄った。

「なによ、その可愛らしいの」

先にいた梨花が、声をかける。竹山が持って歩くには、違和感があるバスケットの布を取り、梨花は綺麗にラッピングされた菓子をひとつつまむ。

「望月さんにお礼言っとけよ」

「まじで？　ラッキー。望月さんのおいしいんよね」

ホワイトデーのお返しに、手作りの菓子を配る。望月の腕前は県警で有名だ。

「ねえ、もしかして、これから『メンヘラ』ちゃんのお見舞い？」

にやりと笑う梨花に、竹山は恐ろしいものを見るような目を向ける。

「電話、私が取ったんよ。具合悪そうな声出してたわ。噂どおり、あんたら『メンヘラ』ちゃんに甘いんやね」

「……それ、どういう意味だよ？」

バスケットを置き、竹山はタバコをくわえる。

「こないだ、家まで送ってあげたんやろ」

「……それ、本人に言うなよ」

「何で」と聞かれ、竹山は無言でライターを取り出す。

望月には感謝していたが、自分と知ったら、セクハラかパワハラの報告をされるだろうからと、癪で言えなかった。梨花は上着のポケットに菓子をしまい、口を動かす。

「メンヘラちゃんが偉なるから、一係は、今から恩売って熱心やなって、捜一の一係以外の人間がいっとうよ」

眉間にシワを寄せ、竹山は火をつける。

「梨花も、そう思ってんのか」

煙を吐きながら聞くと、梨花の表情が変わった。

「だって、松波のとき以上に、竹山は……」

「……梨花？」

止まった言葉は、しばらくして、笑顔になった。

「ほどほどにしときや。タバコ、危ないで」

半分灰になったタバコを、竹山は灰皿に入れる。顔を上げると、梨花は背中を向けていた。

「あいつのこと、一係は、そんなふうに思ってねえから」

「分かってるわ。メンヘラちゃん来てから、一係のホシの検挙率半端ないから、おっさんらやっかんでるんやろ」

「……そうか」

「……私もやけど」

竹山が返す前に、ハイヒールの音が小さくなる。五年前、梨花は捜査第二課で刑事として活躍していた。その姿を思い出し、竹山が新しいタバコをくわえたときだ。

「おい、何、こんなとこでサボっとんや!!」

しゃがれた声とともに、また桜田が現れた。

「鳥居から聞いたで。お前、これから『メリケン』女のとこ行くんやろ。一係は、エリート様を甘やかすん大好きやなあ」

竹山の隣に立ち、桜田はくわえたセブンスターに火をつける。

「……『メリケン』でもエリート様でもないです」

「草壁の指導かもしらんけど、特別扱いしすぎちゃうか」

竹山の言葉を無視し、桜田は鼻から煙を出す。

「……事件について聞きたいんですが、電話に出ないので」

「あんな研修生に頼って、情けないモンやな。一係は」

「はい。でも、最近の一係の検挙率、ご存じですよね」

桜田は口を閉じ、灰皿に灰を落とす。

「現場の厳しさ、桜田さんから教えてやって下さい」

そう言って、竹山は軽く頭を下げた。

「もう、教えてるわ!!」

竹山は頭を上げ、タバコを灰皿に置く。

「生田川公園の事件の次の日、俺に頭下げにきたんや。大先輩に対して、失礼な態度をとってすいませんってな」

桜田は、怒りではない表情を浮かべている。

「それから、勤務時間外に仕事のこと聞きに、俺のとこによう来てるんや。せやから、一係の最近の検挙率は俺の指導のおかげやで」

そう言って、桜田はにやりと笑った。「あいつ、なんで」と、目を大きく開いた竹山が漏らす。桜田は顔を歪め、口を大きく開いた。

「現場の刑事のくせに、お前の目と耳は飾りか!!」

竹山はさらに目を開く。

「甘やかすんやなくて、ちゃんと、面倒見てやれや!!」

桜田はタバコを灰皿に押し付け、ポケットを探った。

「栄養のあるもん買ってもってけ。ちゃんと、俺からやって言えよ」

折りたたまれた紙幣を渡され、竹山は、「はい」と小さく言った。

「ったく、お前がそんなんでも、『メリケン』は」

「……桜田さん、『メンヘラ』です」

「うるせえ!! 最近、カタカナ覚えれんのや!! 『メンハラ』に、回復したら三係に顔出せって言っとけや!!」

早口で叫び、桜田は大股で喫煙室を出て行く。シワだらけのスーツの背中を、竹山は小さくなるまで見ていた。振り向くと、置いていたタバコが灰になっていた。

## 3

がしゃがしゃと、右手にたっぷり詰まったスーパーの袋、左手にはバスケットを持ち、竹山は、十四階建ての立派なマンションの前に着く。

指紋がひとつもない、厳重なオートロックがついた透明な玄関。県警から徒歩十分、竹山の家からは徒歩五分。向かいのローソンには、もう行けねえなと思った。変なものを買っている姿を見られたら、さらにナメた態度をとられるのが予想できた。

少し迷ってから、竹山は玄関の横のパネルを操る。いつもより、小さな声が聞こえてきた。

「……あー、寝てたらすまん、竹山だ。少し上がってもいいか？」

扉が開き、竹山はホテルのロビーのようなエントランスに入る。エレベーターに乗り、階数が上がるあいだ、桜田たちとのやりとりを思い返した。顔を見たときに言う言葉を、竹山は考える。

キャリアが大嫌いな桜田が、リリコを指導していた。たぶん、とても熱心に。だから、ケチな桜田が金を出し、あんなことを言ったんだろう。

突きつけられた言葉が、竹山を責める。若い男の刑事でも音を上げる現場で、リリコは無表情のまま、竹山のあとをついてきた。甘やかすとは正反対の態度をとってきたが、ちゃんと見られてはいなかった。

十一年前、兵庫県警に配属され、自分が先輩からしてもらったことができていない。そう気付いたとき、竹山はリリコの部屋の前に着いていた。

呼び鈴を鳴らすと、すぐにドアが開く。

「事件ですよね。行きましょうか」

いつもの、リクルートスーツに身を包んだリリコが現れる。

「……お前、熱、あるんだろ？」

「大丈夫です。早く、現場に行きましょう」

そう言った直後、リリコは床に崩れた。荷物を両手から離し、竹山は急いで軽い体を起こす。ありえないほど高い温度が、両腕の中にあった。

とりあえず、意識がないリリコを抱え部屋に入る。迷いなく寝室に向かい、ベッドに熱い体を寝かせた。はーはーと苦しそうな息を吐く顔を見ながら、布団をかけてやり、あることに気がつく。

……スーツで寝かすのは、どうなんだろう。

布団の上には、きちんと畳まれたパジャマがある。つまり、自分が着替えさせてやればいい。

でも、それは、セクハラだろと、竹山は自分に突っ込む。目の前には、額に汗が浮かぶ苦しそうな姿。迷った結果、竹山は玄関の外の荷物を取りに行った。キッチンの調理台に袋を置く。

タバコを吸いたかったが、あきらめて大きく深呼吸をくり返す。

決心を固め、竹山は寝室に戻った。

「……あんまり見ないようにするから、あとで、文句言うなよ……」

そう、小さく宣言してから、竹山はリリコに触れた。

顔を背け、感覚だけでジャケットを脱がす。床に置き、シャツのボタンをゆっくり外していく。リリコが熱い吐息を漏らし、竹山は体をびくりと震わせた。顔を覗くと、レンズの奥は固く閉じられていた。

ほっと一息つき、竹山は作業を始める。顔を横に向けるのを忘れて。

目の前には、ボタンが全て外れた厚みのない上半身。そこに、装飾のないブラジャーや、ないに等しいふくらみより、竹山の目を奪うものがあった。

小さな胸の真ん中に、五センチほどの傷跡が二本、綺麗な【×】を描いている。

仕事柄、古傷だと分かった。それなのに、今も濃く残る線に竹山は目を大きくする。

『嫁に行くことなんて、ないから、いいんです』

昨日、リリコが言った言葉が頭の中に響く。

「……すまん」

小さく言ったあと、素早く着替えを終わらせた。つるりと白い両腕に傷はなく、良かったと思いながら。

寝室の扉を、音を立てないように閉め、竹山はリビングのソファの前に座る。ふうっと息を吐き、あたりをぐるりと見回す。竹山は、やはりすごいなと思った。数日前にリリコを運んだときは、ベッドに寝かし、すぐに帰った。

改めて豪華な部屋を眺めていると、自宅に向けて吐かれた暴言に納得する。

竹山の部屋がふたつ入るほど大きな、リビングとキッチン。真新しい家具と家電には埃ひとつなく、あたりには清潔な匂いが漂っている。

本当に、毎日ここで生活しているんだろうか。そう思うくらい、生活感がまったくない空間。暖房が効いている部屋に、竹山は寒さを感じていた。背中にある、染みひとつない白いソファ。座るのがためらわれて、床に座っている。

代わりに、ソファの上には黒い鞄があった。

いつもは隣の机に立っているが、今は横に倒れ、中身がこぼれている。

竹山は、いけないと思いながら視線を向ける。ノート、バインダー、ペンケース、死因百科という分厚い本。弁当箱のような透明のピルケースに、竹山の目がとまる。

さまざまな色と形の小さな錠剤が、ぎっしり詰まっている。

昼の休憩時、手製の弁当を食べたあと。リリコは手のひらに錠剤を山盛り乗せ、一気に飲み干す。その光景に、竹山は言葉が出なかった。

『趣味は、自殺方法の研究。将来の夢は、楽な方法で、すぐに死ぬことです』

自己紹介の言葉の意味、ふだんの言動を、竹山は探ろうとしなかった。その結果、桜田に説教され、体調を気遣ってやれなかった。

「……ほんと、仕方ねえなあ……」

ぼそりと、竹山はひとりで嘆く。

よっこらしょっと立ち上がり、キッチンに向かう。水滴がひとつもないぴかぴかのシンクの前に立ち、シャツの裾を力強くまくった。

「……あいつ、好き嫌いないだろうな」

持って来た袋を探り、竹山は思い出す。「手製です」と言われ、勝手に弁当を一口食べて、吐き出したのを。

「……どうやったら、あんなの作れるんだよ」

見た目は綺麗だが味が壊滅的だった。竹山が顔をゆるめたとき、床に置いた上着が震え、慌ててリビングへ向かう。携帯のメールを開き、竹山は小さく吹きだす。

「……俺以外は、そうだな」

## 4

リリコが瞼を開けると、十年前だった。

視線の先には、長そでの白いセーラー服を着た、十四歳のリリコ。

薄暗い中、円柱の水槽を見つめている。水槽を挟み、現在の、二十四歳のリリコがいる。

こぽこぽと、水音しかしない水族園のクラゲの部屋。柔らかい体が漂うのを、見ているのが好きだった。

転校した神戸の中学に馴染めず、週の半分は水族園でサボっていた。補導員の姿はなく、平日は人が少ない。静かな青い空間は、十四歳のリリコにとって家より落ち着く場所だった。

だが、二十四歳のリリコには、嫌悪の対象だ。

目の前の光景に、背中に冷たい汗が滲み、手が震え出す。「早く、逃げて」と、幼い顔に言おうとしたときだ。

リリコの視界が真っ黒になった。


ゆっくりと、リリコは瞼を開く。

潮と生臭い匂い。薄い青空。イルカショーのプールと客席。

目の前の景色が、十年前のあの日に変わった。

ショーが見える、薄暗い舞台そで。手足を拘束され、猿ぐつわをされた十四歳のリリコが床に座っている。

銃声と絶叫が聞こえ、体をびくりと震わす。その姿の前に、二十四歳のリリコが立っている。

『竹山、お前、絶対に警察官やめるな。約束や』


そう、声が聞こえたあと、ぱんっと乾いた音がした。

『あーあ、つまんないの。偽善者ばっかりだね』

十四歳のリリコの隣に、マイクを持つ人影。顔は、黒く塗りつぶされている。

ステージから、獣のような叫び声。マイクを捨てた人影が、口の左右を上げる。

細い、月のようだ。

十年前と同じことを、現在のリリコは思った。乾いた音が四度響き、ステージを見る十四歳のリリコの瞳孔が開く。

『おもしろかったでしょ。殺人ショー』

ポケットを探ろうとしたが、二十四歳のリリコは気づく。

そこに自分の体はなく、視覚だけがあった。

『僕といっしょにいたら、いつでも見せてあげるよ』

十四歳のリリコは、ゆっくりと首を左右に振る。

『じゃあ、これからショーに出る？』

眉間に、鈍く光る刃を当てられ、十四歳のリリコが両目を大きく開く。

目を閉じようと思ったが、二十四歳のリリコは我慢する。

十四歳のリリコは、首を左右に振った。

『なら、君は、僕以外見ないように、僕以外触れないように、僕以外考えないように、これから生きていかなきゃいけない』

セーラー服の胸元が、【×】の字に割れた。

『これは、僕から君への愛の証《あかし》だよ』

そう言いながら、人影は、カッターナイフで二本の傷を深くなぞった。

『リリコちゃん、最高』

人影の楽しそうな声と、胸元への視線。

十四歳のリリコは、痛みより、嫌悪に体を震わせている。

二十四歳のリリコの眼下、スポーツブラが覗く白いセーラー服が、赤に染まっていく。

『しばらく僕は消えるけど、十年後、必ず、会いに来て。約束だよ』

左胸に刃先を立て、人影が言った。十四歳のリリコは、真っ白な顔で首を縦に振る。

『リリコちゃん、最高』

人影は、また、二本の線を刃先でなぞる。
『約束破ったら、今日より、もっと素敵なショーに招待するからね』
また、三日月を見せ、人影は立ち上がった。
『じゃあね、僕は、これからずっと君を見てるよ』
そう言い残し、人影が消えた。
十四歳のリリコの体が崩れる。がたがたと大きく震え、目の焦点はあっていない。
……こんなモノを見なくても、もう、分かってるでしょ。
そう、二十四歳のリリコが、聞こえるはずのない十四歳のリリコに言った。
……十年、死んだように生きてきたんだから。
言葉は返ってこず、瞳を閉じる瞬間だった。大きな人影が、視界の端に入る。
『……大丈夫か？』
十四歳のリリコに、全身血だらけのおまわりさんが聞いた。

「……大丈夫か？」

リリコの視界いっぱいに、竹山の顔が広がる。

「うなされてたけど、しんどいのか？」

「……竹山さん、タバコ臭いので、顔を離して下さい」

リリコは両手で、厚い胸を思い切り突いた。竹山は床にどすんと尻もちをつく。

「どうして、ここにいるんですか。住居不法侵入ですか」

「……お前、倒れる前のこと覚えてねぇのか!!」

床に座ったまま、竹山は大きな声を出す。額に貼られた冷却シートの匂いを感じ、珍しく、リリコはゆっくり口を動かした。

「……ああ、そう言えば……。あの、私、着替えてますが……、もしかして……」

「ベッドには俺が運んだ。寝ぼけて、自分で着替えたんじゃねぇのか？」

竹山は立ち上がり、リリコに背中を向けて話す。

「そうですか、そんな気もしないでもないですが、もし、竹山さんが私の着替えをしたなら……」

上半身を起こし、リリコは言葉を続ける。

「草壁警部に、セクハラをされたと報告します」

「するか!!　お前みたいなガリガリ興味ないわ!!」

そう言って竹山は寝室から出て行き、少し経って戻ってくる。両手に、キッチンの棚から探したお盆を持って。

「もっと肉付けてから、そういうこと言え!!」

叫びながら、ダブルベッドの横、サイドテーブルにお盆を置く。竹山は棚の奥に見つけた一人用土鍋のフタを取る。ほわりと雑炊の匂いが漂い始めた。

「私、今、空腹を感じてません」

リリコがそう言うと、部屋にぐうっという音が響いた。

「感じてなくても、何か腹に入れとけ。体力つけないと、またぶっ倒れるぞ」

枕元にあったメガネをかけ、リリコは木製のスプーンを受け取った。

「おら、食べれるだけ食べろ」

かつお節仕立ての卵としめじの雑炊を椀につぎ、竹山はリリコに差し出す。

「……あの、それは、竹山さんが作ったんですか？」

「ちゃんと、手え洗って作ったよ!!　それに、大学のとき小料理屋でアルバイトしてたから味は大丈夫だ」

リリコは少ししてから椀を受け取り、小さくすくう。

「……味、どうだ？」

目の前の、無表情で口を動かす顔。少し不安になり、竹山は聞いた。

「……喉に詰まりました。何か、水分を持ってきてくれませんか」

口を片手で隠し、リリコが言った。

竹山は台所に向かい、用意していた湯飲みとともに寝室に戻る。

「おら、飲めよ!!」

こうやって、いつもいいように使われてないか。そう思いながら、竹山は冷ましていた湯飲みを渡し、リリコから空になっている椀を受け取る。

「竹山さん、お茶、濃いですよ。あと、おかわり下さい」

ずずっと緑茶をすすったのち、リリコが言った。

「うるせえなあ。俺が、濃いめ好きなんだよ。おら、喰え!!」

顔がゆるみそうなのを我慢し、竹山は山盛りの椀を差し出す。

「緑茶には、タンニンが含まれています」

そう言って、リリコは受け取る。

「タンニンは、鉄分の吸収を妨げる物質で、食後三十分は控えないといけないんです。空腹時や、食事中に緑茶を飲むのは、貧血の原因ではないかと言われています。病人には、もう少し気を遣って欲しいですね」

スプーンを口に運びながらリリコが言う。竹山は黙って立ち上がる。

「お茶の温度は、ちょうどいいですけど」

「……うるせえ、黙って喰え」

竹山が水のボトルを持ちキッチンから戻ると、土鍋の中身はからっぽだった。ほっと小さく息をつき、フタを開けてからリリコに差し出す。

「竹山さん。事件の内容を教えて下さい」

ボトルを受け取り、リリコが言った。

「お前、ごちそうさまくらい言えよ」

「ひとりの食事に慣れているもので。今、何時ですか。ここに来た用件を早く言って下さい」

リリコが越して来て、初めてカーテンが開いている窓。赤い日差しが、寝室を照らしている。竹山は、少し経ってから話し出す。

## 5

「……署の近くのコンビニに強盗が入って、犯人が逃走中。お前なら、すぐに犯人の目星がつくかなと」

桜田についた嘘を、竹山はぼそぼそと呟いた。小さく息を吐き、リリコが返した。

「なんですか、その情報量の少なさ。それだけでは、何もわかりません」

そりゃそうだと、竹山は詳しい情報を聞いてくると寝室を出る。

『てめえ、いつまで『メンヘリ』の家にいるんだ!!』

一係に電話をかけると、桜田のダミ声が大きく聞こえた。「おしい」と思いながら、「なんで、桜田さんが」と返す。桜田は舌打ちをしてから声を上げる。

『例のコンビニ強盗、しょうこりもなくもう一軒襲撃して逃げとんや。ほんで、一係の人間が出払って、俺が電話番してやってるんやで。お前ら、仕事ほっぽって、いちゃついてるんやないか!?』

「誰がするか」と叫びたかったが、堪えた。「すいません、もう少ししたら戻ります」と言い、竹山は電話を切る。

「竹山さん。リビングのテーブルにある、ノートパソコン取って下さい」

寝室からリリコの声が聞こえ、竹山は、また言われたとおりに動く。布団がかかった太ももの上、ノートパソコンを置くと、すぐにリリコが起動させる。

「今から少し潜りますんで、竹山さんは片づけでもしておいて下さい」

青く光る画面を見つめ、リリコが言った。

竹山は、赤みが戻った顔を見て、文句を言おうとした口を閉じる。お盆を両手に、無言で寝室をあとにした。

……おいしかったぐらい言えよ。

そう思いながら、竹山はキッチンで片づけと仕込みを終えた。寝室を覗くと、リリコはカタカタとキーボードを打っている。

声をかけず、竹山は上着を着てベランダに出た。扉を閉め、十四階の冷たくて強い風に苦労し、タバコに火を点ける。

「竹山さん、そうまでして、有毒な煙を肺に送りたいんですか？」

寒さに震える手で、携帯灰皿に灰を落とす。振り向かず、竹山は煙を吐いた。

「臭《くせ》えだろ、窓閉めろよ」

竹山の言うことを聞かず、リリコはベランダに出た。

「おい、また熱上がるぞ」

距離を取った隣から、少しして返事がある。

「大丈夫です。知恵熱みたいなモノでしたから」

タバコを携帯灰皿に入れ、なんだそりゃと、竹山は言った。

「鳥居さんの携帯に、犯人の潜伏先のGPS情報を送りました。確保は、もうすぐだと思います」

「……お前、もう分かったのか？」

目を大きく開き、竹山が聞いた。

「鳥居さんにメールで詳細な情報をもらい、犯人は、強盗に押し入ったコンビニの近くに住む人物と特定して、行動パターンを組み立てました。送信してもらったコンビニの防犯カメラの映像から、年齢やその他を分析し、周辺の商店街の防犯カメラの画像を洗ってみたところ、居住している場所を特定できました。たぶん、今頃は数日間家を離れるための準備でもしていると思います」

「お前、なんで、商店街の防犯カメラの情報が見られるんだよ」

「緊急事態ということで、草壁警部に了承を得て、情報を家のパソコンに送信してもらいました」

そう、リリコが喋《しゃべ》り終えると同時に、竹山の携帯が震える。

『犯人確保～。梅林寺さん、携帯出ないんで～　体調悪いのに、ごめんねって伝えておいて下さい～』

鳥居に「分かった」と竹山は答えた。

『竹山さんが着替えをしたの～、ショックだろうから～、本人には秘密にしときますね～。ね、リリコちゃん、最高でしょう』

通話が切れ、竹山はリリコの顔を見る。

「……お前、鳥居に余計なこと言ったのか？」

「これで、私の今日の仕事は終わりましたよね。明日に備えて、睡眠を取りたいので、帰ってもらっていいですか」

目の前のリリコは、いつもの表情と口調だった。

竹山は、開けた口から大きく息をはく。

「……ああ、お疲れさん。じゃあな」

そう言って、リリコの頭に片手を乗せた。小さな背中に「明日な」と声をかけ、竹山は部屋をあとにする。

「……ったく、かわいくねえなあ」

マンションのエントランスを出て、竹山はぼそりと言った。すっかり日が暮れた道を、県警まで急ぐ。その背中を上から追い続ける瞳を知らずに。


竹山を見届けて部屋に入ると、リリコは違和感を覚えた。リビングのソファに腰かけ、あたりを見回す。いつもよりとても広く感じ、匂いが違う。

……高熱が出たせいで、感覚がおかしくなっているんだろうか。

突然、喉の渇きを感じ、リリコはキッチンに向かった。冷蔵庫を開けると、ラップがかかった皿たちが目に入る。まだ温かさが残る、卵焼きと焼いたウィンナー。大きめの白いおにぎりがみっつ。ヘタの取ってあるイチゴ。

「家にいるのに、お弁当ですか。本当に、太らせる気なんですね」

水のボトルを取り出し、扉を閉める。綺麗に片づけられたシンクに、リリコは気がついた。流しの横に、こんなのあったなという水筒と、ピンクの布が掛かったバスケット。ピンクの布を持ち上げると、焼き菓子の上に小さなメモ。

**イチゴは桜田さん、お菓子は望月さんから。食べて寝ろ**

大きく雑な文字は、本人と似ている。

「夜間にものを食べるのは、体に良くないんですけど」

リリコは、手の中のボトルをシンクに置く。水筒と焼き菓子をひとつ持って、リビングに戻る。ソファに腰かけ、水筒のフタをテーブルに置き、お茶を注ぐ。

「いただきます」

かさかさと包装紙をめくり、リリコは焼き菓子を一口かじる。口の中に甘さが広がり、ちょうどいい熱さの緑茶を飲む。

「……だから、濃いですって」

リリコは、はあっと温かい息を吐く。何も感じない胃のあたりに片手を添え、目を閉じる。

……竹山さんは、約束を忘れている。

なのに、と思ったとき、しゃがれた声が聞こえてきた。
『竹山は自分に甘くて、人にも甘いんや。最初の上司が、あいつでよかったな』
そう言って、桜田は黄色い歯を見せた。
『竹さんは優しいけど、だからって』
昨日、竹山がお風呂に入ってるとき、笑顔の松波に言われた。
「調子に乗らないで下さいよ」
リリコが続きをつぶやくと、また別の人間の声が聞こえてくる。
『約束破ったら、今日より、もっと素敵なショーに』
最後まで聞く前に、リリコは瞼を開ける。
目の前のテーブルから、小さな湯気が見えた。緑茶が残っているフタを両手で包む。
こくりと一口飲むと、唇の震えが止まる。
「……早く、会いにくればいい……」
こぼれた言葉に、リリコは目を少し大きくした。
十年前から続く夢。目覚めると、必ず、胃液が出るまで吐く。
今日は、初めて吐かなかった。すぐに、おいしく食べられた。頭は少しふらつくが、気持ち悪さを感じていない。

「……どうして……？」

声を出して聞いたが、自分から答えは返ってこなかった。

これ以上は、明日の仕事に支障が出る。そう判断し、フタをテーブルに置きノートを取った。ソファの端で立っている鞄から、ペンケースを取り出す。白いページを開き、少しだけ迷ったあと、リリコはペンを動かした。

竹山さんが家に来たせいで、夢を見た
違うなと思い、二重線を重ね、次の行にペンを走らせる。

「……寝よう」

ノートの上にフタをしたペンを置き、リリコは立ち上がる。

竹山さんがお見舞いに来てくれた
二ヶ月ぶりに、あのときの夢を見た
あいつが会いに来る前に、早く死にたい

昨日とは違う、濃いブルーで書かれた文字は、力がこめられていた。

# 第4話×追憶のプール

## 1

「遅いやないか!!」

竹山が一係の部屋に入ると、桜田が叫びながら近づいてきた。

「すいません。桜田さん、今日は、いろいろありがとうございました」

竹山が頭を下げると、桜田は、曲がった口を閉じる。

「桜田さんが～、動揺してる～」

ごつんという音に、頭を上げる。同時に、竹山に小さな声が聞こえた。

「……竹山さん、梅林寺さんは大丈夫そうですか？」

目の前には、頭を抱えている鳥居。竹山は、薄い気配に後ろを振り返る。

「はい。……たぶん」

竹山の後ろに立つ風間は、小さく頬をゆるめた。

「……良かったです。……体調悪いのに、無理させたんじゃないかと思って……」

鳥居と犯人についてメールで会話するあいだ、自分とも同じようにやりとりをしていたと、風間が言った。

「……鳥居さんが、梅林寺さんに言ったみたいです。……私の勉強のことなんか、ほっといてくれて良かったのに……申し訳ないです……」

顔を曇らせ下を向いた風間の後ろに、望月が無言で立っていた。

「望月さん、ありがとうございました。ちゃんと、……うまそうに、食べてました」

竹山に、雑炊のレシピを送った望月は、頭をピンク色に染める。「お先に失礼します」

と小さく言い、逃げるように出て行った。

「梅林寺さんのおかげで、また、早期解決ですね〜。あ〜、やっぱり〜竹山さんが持ってたんですね〜」

鳥居は竹山の尻ポケットを探り、ペンを取り出す。

竹山がいつ入れたのか思い出していると、鳥居は鞄を持ち扉に向かった。名前を呼ばれ、風間が席を立つ。ふたりが揃って出て行き、乗り遅れたと竹山が気づいたときだ。

「竹山、伝言伝えたんやろな?」

すぐ目の前に、にやにやと笑う桜田がいた。

喰えねえオッサンだなと思いながら、竹山は口を開く。

「……すいません」

『ほんま、お前は使えんな。そんなんやと、一係の可愛い『メンマ』ちゃん、うちに異動してもらうで!!」

そう言って、桜田は竹山の背中を強く叩いた。

「……うち、人数足りてないんですから、勘弁して下さい」

「こっちもエリートなんかいらんわ」と桜田は返し、部屋をあとにする。

ひとりになった竹山は、開けっ放しの扉を閉める。それから、痛む頭を片手で抱えた。

竹山は、ふと野太い声を思い出す。

携帯を手にし、検索サイトに文字を打ち込む。検索結果が出る前に、急に画面が着信を告げた。

『竹さん、まだ仕事中ですか？　今、昨日の後処理で神戸駅にいるんですけど、呑みに行きませんか？』

松波の低いけれど良く通る声に、竹山は少し間を空けてから返す。

「桃源郷でもいいか？」

『いいですよ、久しぶりですね』

「すぐ行くから店で待っててくれ」と、竹山は通話を切った。画面に、地図付きの結果が現れる。

県警から歩いて十五分、自宅から五分。花房診療所の地図を見ながら、竹山は部屋を出た。県警をあとにし、薬局に寄ってから桃源郷に向かう。週末のせいか、狭い店内は客でいっぱいだった。


「あーら、竹山ちゃん。もっと遅くても良かったのに」

カウンターに座る、額が半分白い聖子が言った。松波は横に座る聖子のごつい手に、手のひらを包まれている。それを見て、竹山は「仕事しろ」と叫んだ。

「悪い、待ったか?」

聖子をどかし、竹山は松波の隣に座る。

「お疲れ様です。今来たところです」

「そうか。聖子、水くれ」

竹山は、ポケットから、薬局で買った頭痛薬の瓶を取り出す。

「竹さん、梅林寺さんの風邪がうつったんですか？」

目を大きくした竹山に、松波が言った。

「夕方に県警に寄ったんです。一係に行ったら、桜田さんしかいなくて話ができなかったんで、庶務に行ったら、ツンデレお姉さんが不機嫌な顔で教えてくれました」

松波の説明を聞きながら、竹山は錠剤を水で飲んだ。

「寝込みでも襲ってきましたか？　梅林寺さんて、声、可愛いんでしょうね」

竹山は、「あんなガリガリ襲うか」と大きく叫んだ。店内は騒がしいカラオケが流れているので、誰も気に留めない。

「ねえ、ちょっと竹山ちゃん。見てよ、これえ!!」

カウンターを挟み、聖子が竹山に顔を近づけた。太い指で、額に止められたガーゼを指している。

「ちょっと働けって言っただけでさ、彼氏が手元にあったリモコンで額割ったのよお？　竹山ちゃん逮捕してよお」

「分かった今度な」と、竹山は短く返す。

ボックス席から呼ばれ、聖子は「冷たーい」と言いながら、のしのしとカウンターから出ていく。それを見届け、竹山は松波に向いて言った。

「松波、頼む。……須磨の事件の、捜査資料が欲しい」

騒がしい店内で、竹山に、小さく硬い声が返ってくる。

「……僕に頼まなくても、県警に」

「ないんだよ。……あいつの名前」

松波の言葉を遮り、竹山が重ねる。

「県警だけじゃない。今まで赴任した先で、資料は全部見てきた。あんな、特徴がある名前、見落とすはずがない」

「……いいんですか？　竹さん、頭、痛いんでしょ」

竹山は、少し間を空けて答えた。

「……十年経ったのに、情けねえよな」

ふたりは見合ったまま、しばらく言葉がなかった。

「竹さんは、格好いいですよ」

松波の言葉に、竹山はふっと笑う。

「松に、言われてもな」

「僕より、竹さんがいいって言う女の人はいますからね」

「そんな女いるのか？　誰だよ」

「僕が、よけいなことを言ったからですか？　……もしかして、梅林寺さんのためですか？」

質問を返され、竹山は口を閉じる。

「あまり、自分を過信しないで下さい。大きな事件に巻き込まれたら、刑事でも、ＰＴＳＤの発症は当たり前なんですから」

竹山は思い出す。ＰＴＳＤは心的外傷後ストレス障害の略称、十年前医者に説明された。記憶障害はＰＴＳＤによくある症状。事件の記憶を失っているのは、仕方ないのだと。

「無理をすれば、……頭痛だけで済まなくなりますよ」

医者と同じ言葉に、竹山は少し笑った。

「松には、迷惑かけたからな」

「すみませんでした。あれは軽はずみに聞いた、僕のせいです」

松波が県警にいた頃、呑みに誘った居酒屋で『どうして、事件後も、刑事を続けていられるんですか』と聞かれた竹山は、答える前に意識を失った。

「あのときみたいには、ならない。……もう、大丈夫だから、頼む」

竹山は、松波に頭を下げた。

「……知りたいんだ」

今になってなぜそう思うのかは、わからない。だが、あの事件について知りたいと、強く思っている。薄い胸に残る、深く、生々しい傷あとが頭に浮かぶ。

松波の言うとおりなのかと、竹山が思ったときだ。

「竹さん、頭上げて下さい」

言われたとおりにすると、松波の心配そうな顔があった。

「そんな顔、見せないで下さい」

……俺は、あの人みたいにできない。いつでも強かったその姿を思い出し、竹山はすまんと小さく言った。

「僕以外には」

そう言って、松波はほほ笑んだ。

「変な意味じゃなくて、嬉しいです。信用して、頼ってくれてるんだなって」

竹山は、表情をゆるめた。

「だから、竹さんは格好いいです。僕みたいに、ねじれてないから羨《うらや》ましいです」

首を傾げ、「どういう意味だ」と竹山が聞く。

「竹さん、準備はしておきますから。本当に大丈夫になったら、言って下さい」

松波の言葉に、竹山は、分かったと返す。

「無理して倒れたら、その隙に、梅林寺さん奪っちゃいますから」

目を開く竹山の顔を、楽しそうに松波は覗く。

「ねえ、本当のところはどうなんですか？　梅林寺さん、そんなに良かったんですか？」

「……だから!!　あいつとは何もねえし、これからもいっさいねえ!!」

「ごらっ!!　竹山!!　あたしの隼人君と、いちゃいちゃしてんじゃねえよ!!」

いつもの調子に戻ったふたりに、聖子がマイク越しに叫んだ。それから一時間ほどして、松波を残し、竹山は桃源郷を出る。

## 2

「やっと邪魔モノが帰った。隼人君、本当に久しぶりね」

聖子は隣に座り、水割りを作りながら声をかける。

「ご無沙汰してすみません。県警のときは、お世話になりました」

「隼人君の綺麗な顔が見れなくて寂しかったあ。あっ、竹山ちゃんのニュー彼女知ってる？」

少しあと、「はい」と松波は笑顔を作り、聖子はつまらなそうな顔をした。

「ふたりとも否定してたけど、やっぱりね。メンヘラちゃん、貧乳のくせによく落とせたわよね」

「……竹さん、ここに連れて来たんですか？」

松波は普段どおりの顔で聞く。それがねと楽しそうに聖子は喋り始めた。

「昨日、偶然会っちゃったの。可愛げないけど、まあまあ見れる顔してるわよね……あれっ？」

聖子は首をひねり、小さく言った。

「……あの子、なんで、花房診療所にいたんだろ？」

「風邪をひいていたみたいですよ」

そう松波が言うと、聖子は「がははっ」と笑う。

「ただの風邪なら、あそこには行かないわよ」

「どういう意味ですか」と、松波は聞いた。

「花房診療所は、闇医者みたいなモンよ」

「捕まえないでよ」と言われ、松波は、「はい」と答える。

「生田神社の近くにあるんだけど、あたしたちみたいな、保険証がないヤツらを格安で診てくれるの。夕方から朝方まで開いてて、狸みたいなじじいが一人でやってるんだけど、腕がいいのよ。こういう傷だけじゃなくて、他のトコロも診てくれるし」

そう言って、聖子は額のガーゼを片手で押さえる。

「私たちみたいな客商売してたら、精神病んじゃう子多いんだけど、そういうのも診てくれるの。診療時間と場所が通いやすいから、この辺の飲み屋では有名よ」

珍しく真面目な表情を作ったあと、聖子は小さく言った。

「……自殺癖があったあたしの友達も、じじいに治してもらったのよね」

「……花房先生は、名医なんですね」

「そうね、還暦過ぎた狸じじいだけど」

そう聖子が言ったとき、店に客が入ってきた。松波は水割りを一口飲んで席を立つ。

「あら、もう帰るのお？」

「はい、もう、用が済んでしまったんで」

聖子に引き留められたが、松波は桃源郷を出る。ビルを出ると、夜のぴんと張りつめた空気が体を包んだ。深夜だが、あたりは看板が強く光り、ざわざわと賑わっている。松波は路地を抜け、北野坂を上がり、タクシー乗り場に向かう。

飲み屋が並ぶ北野坂。すれ違う人間は、ほろ酔いで機嫌のいい顔をしている。松波は、それとは正反対の表情を浮かべていた。

実直で正義感に溢れた、悪く言えば、馬鹿正直な先輩を想っていたからだ。関わらない選択をすると思っていた。否定の言葉はなかった。ふたりの間に、何かができてしまったんだろう。

黒い空を見上げ、松波は言葉を投げた。

「……壊れないで下さいよ」


心配する後輩の言葉を知らず、竹山は花房診療所の前に立つ。

そこは生田神社から歩いてすぐ、年季が入ったビルの一階にある。覚えていたビルの名前で検索し、地図を頼りにたどり着いた。

聖子の言っていたとおり看板はなく、ガラス戸から灯りがもれている。竹山が戸を引くと、がたんがたんと大きく鳴り、来客を知らせる鈴が鳴った。

「はーい、何かご用ですかー？」

奥から、のんびりした声が聞こえてきた。

「……診察を受けたいんです。初めてなんですけど」

竹山が中に入ると、目の前に、花房医師が現れた。狸の置物に白衣を着せたような姿。聖子の言っていたとおりだと思った。

「はいはい。じゃあ、靴脱いで上がって」

老眼鏡の奥の目を細め、花房医師が言った。

竹山は靴を脱ぎ、勧められたスリッパを履く。ところどころ破れているソファがひとつと、低いテーブル。待合室というには小さすぎる部屋を通り、竹山は花房医師の背中を追った。

右に延びる廊下をちらりと見て、目の前の短い廊下を過ぎて部屋に入る。様子から、そこが診察室だと分かった。

乱雑にモノが置かれた机の椅子に、花房医師がどすんと座る。向かいにあるパイプ椅子を竹山に勧めた。

「……あの、保険証、いりますか？」

腰を落としてから竹山が言った。老眼鏡を外し、花房医師が大きな声で笑い始める。

「あなた、見かけどおりの人なんだねぇ」

どういう意味かは聞かず、竹山は無言で財布から渡す。警察共済組合証を受け取り、花房医師の表情が変わった。

「大丈夫です。摘発ではなく、診察で訪れました。人づてに、腕がいいと聞いて」

聖子の友達が重い病を克服した話を、竹山は覚えていた。診療所の場所と花房医師のことも。

「……良かった。で、……あなた、じゃなかった……」

手にある小さな四角に、花房医師は目を大きくする。

「……先生？」

固まった花房医師に、竹山が声をかけた。

「あっ、……竹山さん、これ返すね。……今日は、診察に来られたんですよね？」

花房医師は竹山に保険証を返し、小さく聞いた。

「はい」

「……どこが、調子悪いんですか？」

「頭が」

「……えーと、頭が悪いのは治せないなあ」

「病院に行って、薬を飲んでも、頭痛が治らないんです」

「ごめんね」と花房医師は顔をゆるめ、机の上にある新しいカルテとペンを持つ。

「症状が出始めたのはいつから？　強く頭を打ったとか、原因に心あたりは？」

竹山は少し間を置き、答える。

「……最近です。……職場の、最近入ってきた後輩と、いっしょに行動するようになってから」

花房医師は、ペンを床に落とす。竹山がそれを拾いあげ、差し出す。

「……あ、その、リ……後輩ちゃんが原因だと思う？」

ペンを受け取り、花房医師が言った。

「なんでちゃんづけ」と思いながら竹山は答える。

「そいつといるときや……忘れたことを思い出そうとしたときに、強い頭痛がします」

花房医師はごま塩の顎ヒゲを触り、竹山に小さく聞いた。

「……竹山さんが、忘れたこととは？」

顔を下に向け、竹山は答える。

「……勤務中のことです。……十年前、大きな事件に遭った記憶が、思い出せないんです」

花房医師の小さな目と口が、ゆっくり開いていく。

「……その事件で、怪我をして入院したんですが、脳に異常はなく、ＰＴＳＤだと診断されました。それから、今までは、支障がありませんでした。……でも」

竹山は言葉を途中で止めた。頭の中に浮かぶ、痛々しい傷跡。

「……思い出さなきゃいけないんです」

花房医師にではなく、自分に向けて語りかける。

「……頭痛に邪魔されて、思い出せないんだね」

「……たぶん」

花房医師は大きく息を吐いたあと、口をゆっくり動かす。

「……竹山さん、私は、今はここでなんでも診てますが、以前は精神科に勤めていました」

竹山は、花房医師の言葉に納得した。

聖子の友達は桃源郷の常連で、夏でも長袖だった。両腕に隙間がないくらい、自傷の横線が入っていたからだ。

面倒見のいい聖子は、花房診療所を紹介した。一年かかったが完治し、働けるようになった。そう竹山に報告する聖子は、とても嬉しそうだった。

「……失礼ですが、竹山さんのような患者さんが来やすいよう、夜間に開けています」

花房医師の柔らかい頬が、ゆっくり上下している。

「今まで、たくさんの症例を見て来ました。そんな、私の意見です」

竹山は、ごくりと喉を鳴らした。

「思い出そうとするのは、やめなさい」

花房医師は、竹山をまっすぐに見て言った。

「生きていくのに、必要がないなら」

言葉が、とても重く耳に響いた。竹山は、膝にある両手を強く握る。記憶がないまま、十年間。

「……なかったです。俺には」

約束があったから。そう思い、竹山は気づいた。

……どうやって生きてきた、……十年前、傷をつけられた梅林寺は……。

「……少し、待っていてくれますか」

そう言って花房医師は席を立ち、奥のカーテンへ消える。

竹山は驚く。どうして、俺は知ってるんだと思ったとたん、後頭部が激しく痛み出す。

片手で頭を抱えていると、花房医師が戻ってきた。

「今みたいに頭痛が始まったら、これを飲みなさい」

花房医師は、竹山に小さな瓶を渡す。「水なし一錠ね」と言われ、竹山は一粒口に入れた。青い丸は、しゅわりと舌の上で溶ける。

「頭の痛みが治まっても、無理をしてはいけないよ。……誰かのためでも」

花房医師は、静かに言った。竹山は、ありがとうございますと頭を下げる。

驚くほど安い診察代を払い、竹山は花房医師と診察室を出る。

「何かあれば、すぐに来なさいね」

靴を履いてから、竹山はもう一度お礼を言った。立てつけの悪い扉を開き、頭を下げてから閉める。


外の足音が小さくなり、花房医師はソファにどすんと座った。

「……そうか、だから……」

花房医師は、竹山の名前だけ知っていた。須磨海浜水族園の事件のニュースや、十年続く交換日記の中で。花房医師は、ぼそりと言葉を漏らす。

「……リリコちゃんに、気がつかなかったのは……」

ＰＴＳＤで、記憶を失くすのは珍しくない。その方が、患者が幸せなときがある。医療の立場から、もっと思い出すのを止めさせるべきだったと、花房医師は思った。

「……ごめんね、……『あかいおまわりさん』」

懺悔《ざんげ》は聞こえず、竹山は深夜の暗い道を歩く。外の冷たさのせいか、処方された薬のおかげか、頭痛はかなり治まった。

トアロード沿いの緩やかな坂を下り、ドン・キホーテがある大通りに出る。ローソンの前の横断歩道に着き、信号を待ちながら、ちらりと見上げて呟く。

「……お前の部屋より、落ち着くわ」

信号が変わり、高層マンションを背に、『狭くて臭くて汚い』と言われた部屋を目指す。

竹山の足取りは強く、白く上がる息は熱い。

……俺は、約束に生かされている。

……あいつには、ないんだろうか。

竹山は星がひとつもない空を見上げ、前へ、前へと、進んで行った。

3

「……大丈夫か……」

気がつくと、太い両腕に包まれていた。リリコは体を硬くする。

「……今、助けるから、ちょっと待ってな……」

塞《ふさ》がれている口と、両手と両足の拘束が解かれる。

ぽたりぽたりと、音を立てる先を見た。床に、目の前の人の血が散っている。

「……すぐに、ここを出よう……」

目の前の人は、肩で息をしながら言う。それに、リリコは「いいです」と答えた。「どうして」と聞かれ、震える唇を動かす。

「……そんなこと、俺がさせないから……大丈夫だよ」

伸ばされる両手から逃げ、リリコが言葉をぶつける。

「……じゃあ、生きて、生きて、君が大人になったら、俺が……」

最後の言葉に、リリコは「本当」と聞いた。

「……約束する。……名前、教えてくれる？」

上着をかけられ、リリコは答える。

「……リリコちゃん。行こうか」

名前を呼ばれ、こくりと首を縦に振る。両腕の中に体を預けると、柔らかい温かさを感じる。瞼が重くなり、すぐに落ちた。

意識が途切れそうな中。あかいおまわりさんが、名前を言った。

「……女みたいな名前だから、忘れないよね……俺も……絶対に……君の名前は忘れないよ……」

途切れ途切れに響く声。リリコの感覚が、全て遮断される。最後に感じたのは、頬に落ちた水の感触だった。


リリコは、瞼をゆっくりと開ける。

布団にくるまっているのに、とても寒い。パジャマと肌が、汗で張り付いている。頭だけ動かし、あたりを見回す。サイドテーブルに震える手を伸ばし、携帯を取った。日付と、時間を確認する。メールが一件届いていた。

携帯の画面を指でなぞり、リリコは上半身を起こす。登録していない相手からの、短い文面。


【早く、会いに来て】

リリコは顔をゆるませ、小さく息を吐いた。

「……早く、死ななきゃ……」

ベッドから出て、壁一面のクローゼットに向かう。スーツが十着と、母親から送られてきた段ボール。その奥にある、中学のときから使っているトランクを引っ張り出す。リリコは、トランクをベッドの上に置く。フタを開け、携帯で時間を確認する。

「……早朝、六時、十一分」

そう口に出し、トランクの中から麻縄を取った。慣れた手つきで、自分の首の大きさにくるりと結んだとき、寝室に携帯の着信音が響いた。

着信相手を確認し、リリコは考える。

首つりは、もっとも楽な自殺方法。

……でも、三十分以内に発見されると、確実には死ねない。

リリコは通話ボタンを押し、耳に当てる。

『寝てたかな。おはよう、リリコちゃん』

花房医師の穏やかな声が、リリコの耳にいつもより大きく響く。

「……おはようございます。どうか、しましたか？」

電話を取って良かったなと、片手に縄を持つリリコは思った。

……花ちゃん先生は、とてもわかりやすい。

声も、文字も、感情が素直に現れる。だから、十年前、心を開くことができた。

『今日、仕事終わったら、うちに来ない？』

「今日……ですか？」

『今日が無理なら……明日でも』

「花房先生、直接会って、何か、話したいことでもあるんですか」

花房医師は、少し間を空けて言った。

『……リリコちゃんには敵わないな』

「わかりました。今日は、無理だと思いますが、近いうちに」

『あのね、リリコちゃん。うちにね』

リリコと重なり、花房医師は言葉を止めた。

「……花房先生？」

『リリコちゃん、大丈夫だよ。もう、すぐだよ』

「どういう意味ですか」とリリコが聞いた。

『うちで話すよ。じゃあ、お仕事無理しないでね』

花房医師はふふふと笑い、電話を切った。少しして、床に携帯と縄を落とし、リリコは崩れた。

……今なら、クラゲみたいに泳げる。

リリコは、力の入らない体に思った。しばらく、リリコは下半身の冷たさを感じていた。薄暗かった部屋が、明るくなっていく。カーテンの隙間から、白い光が見えた。

「……もう、すぐ」

さっきの言葉のようだ。そう思いながら、リリコは震える指を動かす。床に延びる、細くて眩しい線をなぞる。線の横に、水が垂れてきた。

「……早く、……死にたい……」

線がゆらりと歪み、リリコは冷たい床に額をつける。部屋の中に、嗚咽《おえつ》が響き始めた。

# 4

深夜に診療所から帰宅し、竹山は久しぶりにぐっすり眠った。そして、出勤時間に目を覚ました。

「竹山君!! 遅刻だよ!!」

息を切らせて一係の部屋に入ると、草壁の声が飛んできた。竹山は「すいません」と返し、ツイてねえなと、自分の机に向かう。

「竹山さ〜ん、梨花さんから〜、今月の始末書持って来いって連絡ありましたよ〜」

鳥居の声に竹山は顔を向けず、隣の机の黒い鞄を見ていた。

「鳥居、……梅林寺は?」

「梅林寺君は、本部長に呼ばれて席を外してるよ。じゃ、僕は、これから会議やから、くれぐれも、来月は始末書を書かない仕事してや」

席を立ち、草壁が鳥居の代わりに答えた。

目を開く竹山にかまわず、草壁はさっさと部屋を出ていく。本部長は、県警での最高役職だ。県警に五年勤めているが、竹山は話をした記憶がなかった。

「本部長に呼ばれるなんて〜すごいですよね〜。もしかして〜、梅林寺さん、本庁に異動ですかね〜」

鳥居がそう言ったあと、資料に埋もれる風間がぼそりと言った。

「……たった一ヶ月で、事件解決件数すごいですからね。……本庁から声が掛かってもおかしくないですよね……」

「風間さんも見習わないと〜。あ〜、梅林寺さんいなくなると、寂しいな〜」

風間が顔を曇らせ、竹山は向かいの頭にげんこつを落とす。その間、望月は、指一本でひとつのキーを押し続けていた。「痛いです」と、鳥居が頭を抱えたときだ。部屋の扉が、外から静かに開かれた。


「席を外して、すいませんでした」

抑揚のない声を出し、無表情のリリコが入ってくる。黒いリクルートスーツ、すっぴんの青白い顔にメガネ。目の前の、初めて見たときと同じ姿。もう、大丈夫なんだなと、ほっと小さく息を吐く。

そのあとすぐ、竹山は自らの心境に驚いた。

「梅林寺さん〜、本庁行き決まったの〜？」

自分の席に向かうリリコに、鳥居が聞いた。

「それは、私がここにいない方がいいということですか」

隣に体を向け、竹山が口を動かす。

「お前みたいなの、うちぐらいしか面倒見ねえし、ただでさえ人手不足なんだから、いてもらわなきゃ困るぞ」

「そうですか」

リリコは、前を向いたまま返した。

「そうだよ〜、梅林寺さんがいなくなったら寂しいよ〜。それに、竹山さんの空回り捜査は、もうやだよ〜」

鳥居の言葉に、風間と望月が、無言でこくこくと首を縦に振る。竹山は鳥居の前に立ち、「どういうことだ」と胸ぐらをつかんだ。

「本庁に異動という話ではなく、叔父が、私の様子を見るために呼び出しただけですから」

リリコの発言で、他の面々の動きが止まる。静まった部屋に、天井のスピーカーから声が響き始めた。「県警付近で遺体発見の通報あり、一係は現場に急行」というアナウンス。

「梅林寺。行くぞ」

そう竹山が言ったときには、リリコは鞄を肩から下げ、部屋を出ようとしていた。

「竹山さん、何してるんですか。早く行きますよ」

「……お前は……分かったよ」

竹山はゆるんだ顔で、狭い背中まで足を動かした。


県警を出て、二人は現場までの道を足早に移動する。歩道には黄色の葉を散らした街路樹が並び、冷たい風が吹いていた。

「…お前さあ、寒くねえのかよ」

今日、慌てて自宅を出て、すぐにコートを取りに戻った竹山が聞いた。

「アメリカに忘れてしまって、持ってないんです」

「はあ？　じゃあ、買えばいいじゃねえか。だから、熱出すんだよ」

「熱はウィルス性のものではありませんし、無駄なものを家に増やしたくありません」

「……ったく、ちょっと寄り道すんぞ」

竹山はリリコの腕をつかみ、目的地までの道をはずれた。

「竹山さん、どこに行くんですか。現場に早く行かないと」

「見てるこっちが寒いんだよ!!　買いに行くぞ」

リリコは地面に足を強く固定した。「どうしたんだ」と言われ、下を向き、ぼそりと漏らす。

「……どうして、竹山さんは……。……私に、仕事以外での指図はしないで下さい」

そう言って、少ししてからリリコは顔を上げる。両頬を、片手に納められて。

「じゃあ、業務命令だ!!　体調崩されたら、こっちが迷惑なんだよ!!」

竹山は、リリコの冷たい顔から手を離す。

「行きません。私の体調より、現場に向かう方が大事でしょう」

リリコは、竹山の顔をまっすぐに見て言った。目の前の瞳に浮かぶ色に、竹山はコートを脱ぐ。

「じゃあ、これ着とけ!!」

ばさりと、着ていたグレーのコートを頭から被せ、竹山は背中を向ける。

「臭くても、寒いよりマシだろ。我慢できなかったら、消臭剤でも撒《ま》けよ。それと」

すこし間を挟み、竹山が続けた。

「そんなこと、ねえから」

強い言葉が、リリコの耳に響いた。被せられたコートのせいか、熱さが体に灯る。

「……竹山さん」

いつもより小さな声に、竹山は振り返る。

「……ありがとうございます……」

リリコは、以前より、ちゃんと笑顔を作っていた。

「でも、臭いです」

固まっている竹山に、表情を戻したリリコがいつものとおり毒を吐いた。

「……うるせえ!!　急ぐぞ!!」

もそもそとコートを着始めたリリコに、必要以上に大きな声で叫んだ。竹山は背中を向け、大股で歩きだす。

サイズがずい分大きく、タバコの匂いが染み込んでいる。それを不快に思わないリリコは、あとをついて行く。自分が漏らした言葉に驚きながら。

「……竹山さん、どうして」

「あ？」

「お名前、弥生ちゃんなんですか」

前に進みながら、竹山は返した。

「……三月生まれで、女だと思ってた両親がそのまま付けたんだよ。似合ってねえの、自分が一番知ってるわ!!」

「確かに」

「うるせえ!!　外国人みたいな名前よりマシだ!!」

ふたりは黄色い落ち葉を踏み、現場までの道を、元気に口喧嘩しながら急いだ。

どんな表情をしているか、どんな気持ちを抱えているか。お互い知らずに。

第 5 話 × 甘いコエ

# 1

「残念です。短い間でしたが、竹山さんと過ごした時間は無駄にしません」

「……ちょっ、ちょっと待てっ!!」

「待てというのは、自首するのをですか。見損ないました」

「なんでだよ!!　俺は、やってねえっ!!」

婦警の格好をしたリリコの足元。竹山は、全裸で床に正座している。

「じゃあ、あのホトケは何なんですか」

ホトケって言うようになったのかと思いながら、竹山は口を動かした。

「……さっき起きたら、あったんだよ!!」

「そんな稚拙な言い訳が、私に通じると思ってるんですか。正直に答えて下さい」

顔の前に、カッターナイフの刃先。竹山は、鈍い光を見ながら口を開く。

「本当なんだって!!　信じろよ!!」

心底動揺している声が、ラブホテルの一室に響いた。

見知らぬ天井、蒸れた空気。

目を覚ますと同時に、竹山は違和感と強い頭痛を覚えた。

「……いって」

片手で頭を抱え、上半身を起こす。薄暗い景色に、竹山は目を開く。

自宅よりひとまわり大きい空間。寝ているベッドは、二倍ほど大きい。なぜか、ベッドの足元に天井から透明なカーテンがぶら下がっている。目的のためだけの空間。ラブホテルの一室だと、竹山は気づいた。

背中に、冷たい汗が広がる。

痛む頭を動かし、枕の向こうを見る。ベッドに取り付けられている操作パネルに、時計はなかった。竹山は左腕を上げたが、時間を確認できなかった。腕時計も、服も着けていない、すっぽんぽん。

竹山の体温が冷えていく。

ここに来た記憶が、まったくない。糸を辿ろうとするが、激痛が邪魔をする。

のろりと、竹山はひんやりとした床に足をつけた。あたりに衣服は見当たらない。ベッドの足元、薄い布の向こうを見る。無駄に大きなテレビの前に、ソファの背面、そこに座る人影。

「……あ、……お、おはよう」

自分でも間抜けだと思う声に、返事はない。カーテンをくぐり、竹山はソファに近づいた。

「……あの、寝てる？」

ソファに座る背中は、静かだった。長い髪の毛とむき出しの丸い肩から、女とだけ分かった。

「……ごめん、起きてくれるか。俺、どうし……」

そう言いながら、竹山が目の前の肩に手を置く。ひやりとした感触に、口を閉じた。

ゆっくり正面に回ると、スリップ一枚を着けた女。下を向く、髪の毛に隠れた顔は見えない。竹山が、乾いた髪の毛にそっと触れる。顔を見る前に、誰かと比べて肉が付いている首に目がいく。

がっちりと肉に食い込む、細い紐。先を目で辿ると、カーテンを吊る天井のポールへと繋がっていた。ごくりと、竹山が大きく喉仏を動かしたときだ。

ばたんと、後ろから扉が開く音がした。

「動かないで下さい。そのまま、床に正座し両手を頭の上に」

背中から聞こえた声に、竹山は従う。近づくぺたぺたという足音が止まったので、振り返る。

「……なんで、お前がここにいるんだ……？」

「残念です。短い間でしたが、竹山さんと過ごした時間は無駄にしません」


目の前のホトケを見つけた経緯を話し終え、竹山は、リリコの口が動くのを待った。

「……おい、なんとか言えよ」

「すいません、呆れて口が利けませんでした。竹山さん、嘘はもっとうまくついて下さい」

「嘘じゃねえ!! 俺は、やってねえよ!!」

「わかりました。では、なぜ、全裸なのか説明して下さい」

両手を下ろし、竹山は股間を押さえた。

「……目ぇ覚めたら、裸だったんだ!!　服、見当たらないんだよ!!」

「では、竹山さんは、ご自分が脱いだ服がどこにいったかもわからない位、獣のようにそちらのホトケと交わったのちに、犯行に及んだということですね。もしくは、ホトケと交わるのがご趣味だったんでしょうか」

リリコの言葉に、竹山が口を大きく開いたときだ。

「梅林寺さん、竹さんに意地悪しすぎですよ」

楽しそうな声が、リリコの後ろから聞こえてきた。

「……なんで」

「事情は、県警でお話しします。とりあえず、報告しておきますね」

リリコと竹山の間に入り、松波が口を動かす。

「竹さん、僕はね、昨晩は隣の部屋で、梅林寺さんと明かしました」

そう言って、にっこりと笑う。

「なっ……」

竹山は、まともな言葉を返せない。

「ねっ、梅林寺さん……って、あんまり現場荒らしたら駄目ですよ」

二人のやりとりをよそに、リリコは忙しなく動いていた。

「……完璧ですね。私も、こんなふうにやりとげたい」

ホトケが繋がっている紐を手に、ぼそりと漏らす。

熱心なリリコを残し、風呂場に畳んであった服を着て、竹山は松波と県警に着いた。

「おい、竹山遅えぞ!! 出勤時間、とっくに過ぎて……」

ふたりが玄関に入ると、桜田のダミ声が聞こえてきた。

「……これは、これは、管理官様」

桜田は松波の前に立ち、顔を見上げる。

「大阪府警の管理官様が、うちになんのご用ですか?」

「お久しぶりです、桜田さん。うちで追っていた政治家が、県警の近くに潜伏しているという情報があったもので、昨夜からお邪魔しています」

「そうですか、じゃあ、そちらの怠慢刑事といっしょに」

桜田は、じろりと隣にいる竹山を睨《にら》んだ。

「はい。あと、梅林寺さんといっしょに。うちのことに、お力を貸して頂き申し訳ありません」

笑みを浮かべ、松波はすらすらと言葉を述べる。

「すみませんが、もう少し竹山さんをお借りしますね。では、失礼します」

頭を下げ、松波は目配せをし歩き始めた。

桜田の歪んだ顔を背に、竹山はぴんと伸びた背中に追いつく。

エレベーターに乗り、ふたりになると、松波の声が小さく聞こえた。

「もう少ししたら、梅林寺さんが証拠を持ってきます。竹さんが、無実だというね」

松波は、竹山の顔を見てにやりと笑う。

「竹さんが着替えてるとき、見つけたみたいです。それにしても、桜田さん、相変わらず僕のこと嫌いみたいですね」

「……好かれても、嬉しくねえだろ」

松波が確かにと小さく笑った。

「……松、詳しく話してくれ」

頭痛は、だいぶ治まってきた。激しい痛みが再び襲うのと、……犯罪を犯したかもしれないことが怖いんだろうか。

そう思いながら、記憶をたどれない竹山は、松波の言葉を待った。

「昨晩、僕と梅林寺さんは、さっきのラブホテルでホシを張っていました」

松波は、真面目な顔で答えた。

「そんな話」

「すみません。昨晩、急に入った情報で、急いでこちらにお伺いして、梅林寺さんに補佐を頼みました」

「……なんで、捜二の人間に頼まなかったんだ？」

松波が所属する大阪府警捜査第二課は、知能犯係だ。政治家絡みの事件は、県警でも捜査第二課が担当する。

「先週の、こちらの管轄で起こった贈賄騒ぎで、捜二の方たちが出払っていたんです。ひとりで向かおうと県警を出るとき、コンビニ帰りの梅林寺さんと会って、事情を聞きだされ、ふたりで向かいました」

竹山は、そのときの様子がすぐに目に浮かんだ。

「捕まえたのか？」

「はい。梅林寺さんのおかげで」

そう言って松波はにやりと笑った。

「梅林寺さん、予想以上に最高でした。あの子、刑事より向いてる職業ありますよね」

## 2

「あれ、梅林寺さん夜勤ですか？」

十一月最後の日。コンビニで、夜食の健康補助食品のゼリーを買った帰り、真新しい黒いコートを着たリリコは、県警の玄関で松波と遭遇する。

「こんなところで会うなんて、運命感じますね」

「松波さん、こんな時間に、緊急の事件ですか」

松波は目を大きくし、リリコの顔をまじまじと見つめた。

「明日から忙しいそうですが、今日は、全然声が掛からないんです。不思議ですよね」

「ああ、そうなんですね。僕は、この時期に現場にいたことがないので」

「そちらの捜査は、時期は関係ないのですね。そういえば、今日の昼間。梨花さんが竹山さんに、そちらの管轄が追ってる政治家が数日前から行方不明で、ざまあみろって言ってました」

「あの人、まだ、そんなことに関心があるんですね」

松波は、白い息を大きく吐いた。

「先週の贈賄事件で、捜二は人が出払ってます。松波さん、私が同行しましょうか」

メガネの奥の目を光らせ、リリコが松波に近づく。

「梅林寺さんに、危ない仕事はさせられません。大切な、官僚候補なんですから」

「それは、あなたも同じですよね。松波さん、私、役に立つと思いますよ」

距離を詰めるリリコに、松波は後ずさる。

「それに、チャンスだと思いませんか。見た目や肩書が良くても、仕事ができない男性に魅力は感じないと言ってましたよ」

「……梅林寺さん、張りこみの経験は？」

リリコは、口角を上げて答えた。

「ありませんが、十年間、粘着なストーカーを相手にしています」

リリコへの返事は、無言のほほ笑みだった。ふたりは、松波の行きつけのバーから数分の現場に向かった。ハンター坂付近の、静かな住宅街の中。そこに似合わない原色の幟《のぼり》と看板を前にし、松波が足を止める。

「梅林寺さん、こういう場所初めてですよね。大丈夫……」

松波の言葉が終わる前に、狭い背中は自動扉の中に入る。

「……先に行かないで下さいよ」

松波が追いつき、リリコは部屋の写真が並ぶパネルを見ていた。

「梅林寺さん、少し、すいません」

そう言って、松波はリリコの肩を引き寄せた。

「黙って、僕についてきて下さい」

リリコの耳元でささやき、松波はパネルのボタンを押す。パネルの右側、狭い廊下を挟んだ壁。カーテンが半分掛かった穴から顔が覗き、リリコは松波に連れられていく。松波が「泊まりで」と言うと、部屋番号が書かれた札を渡された。大音量で浜崎あゆみが流れているなか、ふたりは部屋に着く。

「すごいな、話には聞いてたけど、いまどき、こんなとこあるんだ」

鍵が掛かっていなかった部屋に入り、松波がぼそりと漏らした。

「松波さんは、こういう場所に頻繁に来られるんですね」

「自宅に入れる人は、決めてるから」

さらりと言った松波から離れ、リリコは、コートのポケットに手を入れる。靴のまま部屋に上がり、ぐるりと見回す。自宅の寝室と広さは変わらない。ビジネスホテルと似ているが、雰囲気が違う。ベッドに対しソファが小さく、リリコは首を傾げた。

「どうですか、初めてのラブホテルは。初めてが、僕ですみません」

「クリーニング屋さんの匂いがします」

リリコの答えに、松波は吹きだした。

「松波さん。この部屋、安全です」

そう言って、リリコはポケットから片手を出す。握られた機械を見て、松波は目を大きく開く。

「そんなの、いつも持ち歩いてるんですか。重たくない？」

「昔に比べれば、ずい分軽くなりました」

そう答え、コンセント周りを、リリコは発見器を手に探っていく。

その姿を見ながら、松波は玄関で靴を脱ぐ。

「松波さん、靴脱いでいいんですか」

「ホシを捕まえるのは、僕の仕事じゃありませんから」

松波は答えたあと、スリッパを履く。部屋を進み、金色のソファに腰かけた。

「じゃあ、誰が捕まえるんでしょう」

顔を向けるリリコに、松波は笑みを返す。

「外と、別の部屋で待機してる、うちの捜査員です。僕は指示を出すのと、責任を取るのが仕事ですから」

そう言いながら、幅の狭い高価そうな鞄から取り出していく。スマホにアンテナがついたような機械、A4のタブレット、無線機。それぞれ三つある機械を、松波が目の前のテーブルに並べた。

「それが、モニターですか。ドラマとは違うのですね」

「はい。持ち運びに便利です」

松波は、薄いタブレットを立て、機械と繋いでいく。

「隣、座らないんですか。仕事中なんですから、安心して下さい」

ソファの横に立っていたリリコは、少し経ってから、松波の隣に浅く座った。

「カメラは、いつ仕込んだんですか」

リリコは目の前のタブレットを見ながら聞く。鮮明に映る、ホテルの玄関、付近の路地、人がいない部屋。

「今日、うちの人間が仕込みました」

「方法を、後学のために聞いていいでしょうか」

松波はいいですよと言い、カメラ設置の方法を語り始めた。

まず、男女でホテルを訪れ、目当ての部屋に。つぎに通信業者を装い、玄関のＷｉ－Ｆｉルーターの中にカメラを隠した機械を。外は、電信柱の点検をする作業員の格好で取り付けた。

「そういう方法は、よく使われるんでしょうか」

「普通は、このホテルに協力を頼んでからね」

「なるほど。とても為になりました、ありがとうございます」

リリコの平坦な言葉に、松波は吹きだした。

「すいません。竹さんの言ってた通りだなと思って」

リリコの右眉がぴくりと動く。

「何か飲みましょうか。ここ、空気が乾いてるので喉が痛いです」

リリコにモニターを頼み、松波は立ち上がる。ソファからすぐの、テレビを載せた戸棚から慣れた様子でカップを取り出し、電気ポットを手にする。

「コーヒー飲めないんですよね」

「私の分は、お気遣いなく」

黒い鞄に突っ込んだコンビニの袋から、リリコはがさりと水のボトルをテーブルに置く。

数分後、松波は、ふたつの湯気が上がるカップを手に戻ってきた。

「どうぞ、熱いので気をつけて下さい」

カップを受け取り、リリコは小さく「ありがとうございます」と言った。隣に座り、松波は「どういたしまして」と笑顔で返す。

「動きはなさそうですね」

「松波さん、私、ホシの顔を知らないんですけど」

ふたりは顔を見合わせる。

「それでも、梅林寺さんならわかるでしょ」

お茶をすすりながら、松波が言った。

「たぶん、そういう勘は、僕や、竹さんなんかよりも」

「それは、竹山さんが言っていたんですか」

モニターに向いた顔に、松波が答える。

「いいえ。僕が、梅林寺さんにもった感想ですよ。竹さんが、どう言ってるか知りたいですか？」

楽しそうに歪む顔を見ず、リリコが言った。

「そういうところが、嫌われる原因だと思います」

「ははっ、梅林寺さんも、僕が嫌いですか？」

「嫌いではないです」

「目障りだけど？」

リリコの顔の前に、整った顔が現れる。

「僕は、梅林寺さんが好きですよ」

動く唇が、一直線に結ばれた唇に近づく。

「……抵抗しないの？」

「松波さんは、臭くないので」

松波はにやりと笑い、リリコから離れる。

「それに、松波さんだったら大丈夫だと思うんです」

モニターから目を離さず、リリコがぼそりと言った。

「純潔を捧げるにふさわしいってこと？」

「いえ、そういう意味ではなく」

リリコは、手にしているカップに口をつけた。

「……ああ、君の粘着ストーカーに殺されないって意味か」

松波に顔を向け、リリコは言った。

「松波さんて、お茶淹《い》れるのお上手ですね」

「梅林寺さんて、思っていた以上に最高ですね」

返ってきた言葉に、リリコはずずっとお茶をすすった。

## 3

「六時頃ですかね、竹さんがカメラに映ったのは」

一係の取調室の中。竹山が座る向かいには、机を挟んで松波とリリコが座っている。話をしながら、三人は遅い朝ごはんを摂っていた。

竹山と松波は、出前のカツ丼を食べている。ふたりに三十分遅れて県警に着いたリリコは、健康補助食のゼリーを吸っていた。

「それだけか」と聞くと「はい」と言われ、竹山が丼を伸ばす。

「食べるか？」

「お断りします」

硬い言葉に、松波が吹きだす。

「竹さん、梅林寺さんは照れてるんですよ」

「松波さん、一口頂いてもいいですか」

「おい、なんで松に言うんだよ‼」

「梅林寺さん、竹さんをモニターで見つけたとき、背中の毛が全部立ってましたよ」

松波の言葉に、リリコが席を立った。「……飲み物買ってきます」と残し、リリコは部屋から出ていく。

机の上の、ほとんど減っていない水のボトルを見ながら、竹山が口を開いた。

「松、続き話してくれるか」


松波は半分残った丼のフタを閉じた。ペットボトルのお茶を一口飲んでから話し始める。

「午前六時頃、竹さんがカメラに映ったそうです。僕は仮眠を取っていて、体を強く揺られて目覚めると、梅林寺さんのおもしろい顔がありました」

楽しそうな松波の言葉を、竹山は残りをかき込みながら聞く。

「あとでお見せしますけど、竹さんは、ホトケに引きずられるように店に入ってきました。手続きは彼女が全て済まし、部屋に入ったようです。僕らの、隣の部屋に」

竹山は、まだホトケの顔が思い出せなかった。くつくつと思い出し笑いを終え、松波は続けた。

「それから三十分後、午前六時半に、ホシの愛人がホテルにひとりで現れました。その間の梅林寺さんの様子、聞きたいですか？」

竹山は丼と箸を置き、両手を合わせた。

「いいから、続きを頼む」

ごっごっとお茶を飲む竹山に、松波はふうっと息を吐く。

「さらに三十分後、午前七時に、ホシが現れ、愛人が待つ部屋へと入っていきました」

つまらない様子で、言葉を淡々と重ねる。

「今、事情を詳しく聞いてますが、ホシは、ホテルの経営者と繋がっていたようです。あのホテルは、未成年を使った風俗にも使用していたようで、経営者はホシの裏の繋がりの人間だったんでしょう」

「あっさり捕まってくれたのか？」

竹山の質問に、松波はにこりと笑った。

「ホシが部屋に入った三十分後、捜査員を踏み込ませました。ちょうど、盛り上がり出したタイミングだったんで」

可哀そうにと思ったが、竹山は口に出さなかった。

「そんな訳で、八時頃には、だいたいカタはつきました。梅林寺さんが、竹さんとホトケがいる部屋に入ったのは、それからですね」

ちらりと、壁の時計を見ると九時半を少し回っている。ペットボトルのフタを閉めながら、竹山が口を開く。

「……あの、梅林寺の格好はなんだったんだ？」

ラブホテルの部屋で、よく見ると、リリコの制服はコスプレの衣装だと竹山は気づいた。

ぶはっと、松波が吹きだす。

「……何が、そんなおかしいんだよ⁉」

大きく笑う松波に、竹山は眉間にシワを寄せて問いかける。

「いやあ。梅林寺さんって、本当にすごいですよね」

ひーひーと腹を抱え、涙を浮かべる松波が言った。

「……少し前なら、ホトケの質問でしたよ。竹さん、変わりましたねえ」

「……なっ。そっ、そうだ。俺は、無実って証拠を、あいつが持ってくるって」

竹山は、慌てて話題を変える。

にやにやしながら、松波は竹山の顔を眺めた。

「竹さん、なんで、そんなに動揺してるんです」

言葉を返せない竹山に代わり、松波が口を動かす。

「竹さんは、梅林寺さんのこと、どう思ってますか？」

取調室が静かになったとき、大きな音を立て、扉が外から開かれた。

「管理官様、お取り込み中すいません。少しいいやろか」

赤い顔をした桜田が、部屋にずかずかと入ってくる。

「はい。あとでこちらから伺おうと思っていたんですが」

「そうですか、じゃあ、こちらのシマを荒らした自覚はあるんやねえ」

松波は立ち上がり、桜田に深く腰を折った。

「勝手なことをしてしまい、申し訳ありませんでした」

驚きの表情に変わった桜田に、竹山は息を吐いた。頭を上げた松波は、桜田とともに部屋を出ていく。


残された竹山は、喫煙所に向かった。

「……あんた、なんで、昨日と同じスーツ着てんの？」

「おはよう。今月の始末書、もうちょっと待ってくれるか」

喫煙所に入って来た梨花に、竹山は肩を軽く叩かれる。

「あんたみたいなんが、あたしらの仕事遅らすんやで。現場に出てないからって、甘く見てるやろ」

「ごめん。……梨花は、ちゃんと仕事してるよ」

「なによ、気味悪いな。褒めても、来月の始末書の提出日延ばさへんよ？」

梨花は咥えたタバコに火をつけ、にっと笑った。煙を吐き、竹山は歪めた顔を返す。

「昨日の夜は、デートでもしてたん？」

竹山の顔が、一瞬で固まる。

「……なんで」

「あんたの服から、やっすい香水の匂いすんの。寝坊して、そのまま出勤したんやろ？」

煙を吐きながら、梨花がまくし立てた。

「……なんよ。今の、当たってるん？」

梨花の表情が変わり、竹山がぼそりと漏らす。

「……デートじゃなくて。……そう、……合コンだった」

「……はっ？」

竹山は灰皿にタバコを押し付け、梨花に背中を向ける。

「ちょっと、竹山？」

気がつけば、頭痛が治まっている。竹山は振り返らず喫煙室を出て、県警の外に出た。

白い息を吐きながら、携帯を取り出す。

『……もしもし～、僕、今日、非番なんですけど～』

「おい、昨日の合コンに来てた、女全員の連絡先教えろ」

『はあ～？　竹山さん～？　おはようございます～』

寝ぼけている鳥居の声に、竹山はすうっと息を吸ってから返す。

「起きろっ!!　……マチさんが、亡くなったんだよ!!」


竹山が叫んでいるころ、梨花は二本目のタバコに火をつけようとしていた。かちかちと苦戦していると、後ろから声が聞こえた。

「吸い過ぎは、体に毒ですよ」

鋭い視線を受け、松波は、にっこりと笑った。梨花は火をつけ煙を吸い込む。

「竹さん、梅林寺さんのために、思い出そうとしてますよ」

梨花は灰皿にタバコを押し付けた。早足で外に出ようとしたが、体が止まる。

「監視役なのに、知らなかったみたいですね。まあ、そんな間抜けなところも」

梨花は、松波を強く睨んだ。細い腕に力を入れ、松波はにやりと笑った。

「大好きですよ、梨花さん」

## 4

昨晩、竹山は、何年か振りに合コンに参加した。

日勤の上がりが重なった鳥居から急に誘われ、「仕方ねえな」と言いつつも、三宮の居酒屋に向かう足は軽かった。

「いいですか〜、浮かれて、刑事って言ったらダメですよ〜。公務員で内勤って言っとけば、最近の女子はイチコロですから〜」

八歳年下の鳥居に言いくるめられ、竹山は頷いた。男側は、鳥居の同級生や後輩。女側は、男側の誰かの友達と同じ職場の先輩後輩。そんなメンバーの自己紹介から、合コンは始まった。

その一時間後、竹山はテーブルの端で、ひとり飲みまくっていた。そこにいたメンバーに三十代はおらず、それにくわえ、竹山の見た目はどう見ても内勤ではなく、若い女子にはハードルが高かった。

盛り上がる輪に入れず、鳥居が輝いているのをじとりと睨んでいたときだ。

「……隣、いいですか？」

聞こえてきた声に、竹山は振り返る。

「竹山さんでしたよね。私、マチって言います」

竹山のぎこちない自己紹介でも、名前を憶えてくれていた。声をかけてくれたのが、素直に嬉しかった。

「私、来年三十なんです。それに、こういう場って苦手なんやけど、後輩に頼まれて、断れなくて……」

「わかります、困りますよねえ」と、竹山はマチとグラスを合わせた。

ふたりは、盛り上がっている輪の隅で、小さく会話を弾ませる。介護士をしているマチは、目を惹く容姿ではないが、品を感じる大人しい女性だった。囁くような可愛らしい声を、竹山はずっと聞いていたくなる。

酒の力を借り、竹山はマチを居酒屋から連れ出した。

「……あの、どこに行きますか」

外に出て、マチに聞かれた竹山は、「家に来ませんか」と言った。驚いた顔が下を向き、「いいですよ」と小さく聞こえた。


「……私、本当は、こんなふうに、されたかったんです」

竹山の家でコトが終わったあと。マチは筋肉が付いた腕の中で言った。

柔らかい体を触りながら、竹山は久しぶりに心地いい疲労を感じていた。

「竹山さん、優しくしてくれてありがとう」

そう言ったあと、マチは、竹山の口内に舌を滑り込ませる。

「これで、もう、思い残すことはありません」

どういう意味か聞く前に、竹山の意識が途絶える。

最後に耳元で囁かれた言葉が、甘く響いたまま。


「マチさんにとって～、竹山さんは最後の男だったんですね～」

非番明けで出勤した鳥居が、新聞を読みながら言った。裏献金で逮捕された、大阪の政治家の記事。それに比べると、マチの記事はとても小さく、竹山の名前はない。

鳥居の向かいで、竹山は吹きだしたコーヒーに慌てていた。

「なんかね～、マチさんて、同棲してた彼氏から、何年もひどいＤＶ受けてたみたいですよ～」

部屋を暗くしてと言っていた意味を、竹山はひとり納得する。

「わかる気がします～。僕が女だったら～、最後は竹山さんに抱かれたいかも～」

「鳥居!!　気持ちわりいこと言ってんな!!　仕事しろよ!!」

今月の始末書に散ったコーヒーを拭きながら、竹山は叫んだ。

「おはようございます。竹山さん、少しいいですか」

隣に気配なく現れ、リリコがまっすぐな背中を向けた。竹山は立ち上がり、あとに続いて部屋を出る。冷たい風が吹く屋上に、ふたりは着いた。

「今回の件、ホトケを見つけたのは私と松波さんということで片づきました。竹山さんは、彼女に薬を飲まされ、あとのことは知らない、で通して下さいね」

リリコは背を向けたまま、後ろにいる竹山に言う。

「……それで、本当にいいのか？　俺は」

「竹山さんが、そんなふうだから。彼女のような、自殺を馬鹿にした人間に利用されるんですよ」

強い響きに、竹山は口を閉じる。振り向くことなくリリコは続けた。

「死を自分で決めるのが、悪いことだと、私はまったく思いません。でも、他人を巻き込むヤツは馬鹿です」

マチの最後の言葉が、竹山の耳に再生される。

『……あなたに、見てもらいながらいきたいの』

「彼女は、匿名の自殺サイトでくり返し綴《つづ》っていました。日々の辛さから逃れるため、彼氏と初めて結ばれた場所で、命を断ちたいと。何度かゆきずりの男と部屋を訪れ、準備に時間をかけていたからこそ、あんなに完璧だったんです」

甘い声に、固い音が重なっていく。竹山の眉間に深くシワが寄る。

「あの日、彼女は、竹山さんをクスリで眠らせたあと、自分の車を取りに行き、ホテルに連れ込みました。意識のない重い体の移動は、介護士である彼女だからできたんでしょう」

語られる言葉と、いつもよりさらに冷たく聞こえる声。口に苦みが広がるのを、竹山は感じていた。

「彼女の部屋には、古武術を利用した介護法など、仕事に関する資料がたくさんありました。勤勉で真面目で、同僚と患者さんにとても好かれていて、みなさん死を惜しんでいました。あそこまでできる行動力と、頭の良さがありながら、なぜ……」

「梅林寺、それぐらいにしろ」

リリコの言葉を遮った竹山の声には、怒りが滲んでいた。

「……昨日は、お前のおかげで助かった。それは礼を言う」

神戸の都市伝説になっている、ラブホテルの部屋での盗撮。

リリコは、竹山とホトケがいた部屋でカメラに気がついた。仕かけていた店主に、罪を少し軽くするからと、映像と記憶の削除を命じたのは松波だ。

「だから、死んだ人間を、悪く言うのはやめろ」

「わかりました」

少し和らいだ声を出し、リリコは竹山の正面に立つ。

「では、生きてる竹山さんを罵ります。あなたは、馬鹿です」

こちらをまっすぐに見ているリリコに、竹山はぶほっと吹きだす。

「何が、おかしいんですか」

「……すまん。いやっ、お前、本当に、俺のこと心配してくれてんなと思っ……」

竹山は、途中で言葉を止めた。目の前の顔が、真っ赤になったからだ。

「……梅林寺、どうした？　また、熱あるのか？」

額に当てようとした手を、思い切り叩かれる。竹山は目を大きくし、目の前の顔が下を向いた。

「……だから、竹山さんは……」

小さな声は、あたりに吹く風に消された。リリコは竹山の横を足早に過ぎ、扉に向かう。

「もともと非番なんで、帰らせて頂きます」

「そうか。……もしかして、俺の件で」

「勘違いしないで下さい。私は、竹山さんなんて……」

途中で止まった声と背中に、竹山は首を傾げる。

「……俺が、なんだよ」

「臭いです」

悪かったなと言う前に、リリコの背中は見えなくなる。

誰もいなくなった屋上で、竹山は顔が少しゆるんでいるのが分かった。赴任してきたときは、こんなふうになれると思っていなかった。

……梅林寺と、関係ができている気がする。

松波のように、期間満了まで大丈夫かもしれない。そんな思いに少し温かくなった体で、竹山は屋上をあとにした。

誰かに見られていたのを、気づかずに。

竹山が少し浮かれていたころ。出勤後、わずか一時間で、リリコは自宅に帰ってきた。胸のあたりがおかしいとわかるが、花房医師には、まだ会える気分でない。床に座ったリリコは、目に止まったソファのクッションに、拳をぶつけ始める。むず痒《がゆ》いような感触を、柔らかさに発散させた。

十分ほど続けていると疲れてしまい、リリコは両腕を床に向け伸ばした。暖房が効いた部屋で、汗をかいてる自分は馬鹿だ。……竹山さんは、それより馬鹿だ。そう思うと、また、感触が始まった。クッションを叩かず、リリコは左胸を片手で包む。

「……最近は、……臭くない」

ぼそりと、小さく漏れた声が部屋に響く。

……再会したとき、はっきり言って、幻滅した。

それからも、いっしょにいれば想像、いや妄想とは逆ばかりだった。「それなのに」と思ったところで、リリコは思考を閉じた。ばたりと、うつぶせで床に寝転ぶ。

……これ以上、考えてはダメだ。

リリコは起き上がるのが面倒になり、片手を伸ばしローテーブルの上のノートを取った。挟んであるペンを取り、大きく動かしてから目を閉じる。

馬鹿

ひとことの青い文字は、大きく、力強く書かれていた。

# 第6話 ╳ 片恋のアルペジオ

# 1

十二月になると、街は忙しくなる。それに合わせ、県警の出動件数が増えていく。

そんなとき、全国で多発している事件は同じ内容だった。

「……これで、五件目ですね」

部屋を見回し、風間がぼそりと声を上げる。

ピンクと白で統一された、いかにも若い女が住むワンルームの一室。部屋にそぐわない、警察官や検察官の姿。生臭い、血の匂い。漂ってくるのは、風呂場からだった。

「……ったく、なんで。みんな……そんな、死にてえんだ？」

風間の隣で、竹山は眉間にシワを深く寄せ呟く。

「……竹山さんには、理解できないですよね」

竹山は風間の顔を見る。

「……僕も、電車を待ってたら、ふらっと行きたくなるときがあります……」

少ない髪の毛を揺らし、風間はへへへと笑った。

「風間さん、今度、飲みにいきましょう」

「……はい。ありがとうございます」

ふたりは私語を終え、仕事に戻る。実況見分を済ませ、県警に帰ったふたりが一係の部屋に疲れた様子で入る。


「竹山君!! これはどういうことや!!」

一歩足を踏み入れると同時に、草壁が竹山に叫んだ。

「……あの、なんの件でしょうか」

心あたりが多過ぎるので、竹山は鼻息荒く近づいてきた草壁に聞いた。

「この領収書!! なんで、先月、こんなに書籍に経費使ってんの⁉」

目の前に、非常識な金額が書かれた領収書を突きつけられた。

竹山はほっと息をつく。ラブホテルの一件の当日、草壁は本庁に出張中だった。帰ってきてからも、ねつ造された報告を鵜呑みにしている。

「その領収書切ったの、俺じゃありませんよ」

「じゃあ、誰や、こんな無茶苦茶な経費の使い方するんわ!!」

「私ですが、何か問題ありますか」

後ろから聞こえた声に、竹山は振り返る。

「必要経費だと思うのですが。ここは、資料が少なすぎると思います」

黒いコートを着たリリコは、冷たい息を吐く。

「そっ、そうだよね。梅林寺君、最近頑張りすぎてるようだからほどほどにね」

草壁は顔色を一瞬で変え、竹山は眉間にシワを寄せる。

「はい。わかりました」

リリコはぺこりと頭を下げ、自分の席に着く。

草壁はそそくさと、ゴルフバッグとともに部屋を出ていった。

「ったく、俺が疑われたぞ。お前、経費の使い方考えろよ」

リリコの隣、自分の席にどかりと座り竹山が言った。かちかちとパソコンのキーを打つ音が返ってくる。

「おい、聞いてんのか⁉」

竹山の大きな声に、望月がびくりと肩を揺らす。

「聞いてます。わかりました、善処します」

コートを着たままのリリコは、ノートPCの画面から顔を逸らさずに答える。

竹山は席を立ち、部屋を出て喫煙所に向かう。タバコをくわえ、火をつけて吸い込む。その間に出た、竹山の結論はひとつだった。

「訳がわからん……」

ラブホテルの件の、次の日からだ。……梅林寺の態度が、明らかにおかしい。

前日感じたものが、次の日にはあっさり覆され、竹山は困惑していた。必要以上に避けられる理由を考えていると、栗色の髪の毛を見つける。

「梨花！」

振り返り、梨花は眉間にシワを寄せた。

「……なんだよ、忙しかったか？」

梨花が抱えているファイルを見ながら、竹山は言った。

「そっちに比べればマシちゃう？」

ぎろりと睨まれ、竹山も眉間にシワを寄せる。

「なんだよ。俺、お前にまで何かしたか？」

「何よそれ。こないだから、あんた、浮かれすぎちゃうの」

そう言いながら、梨花は喫煙所に入る。竹山に資料を押し付け、ポケットからタバコを取り出す。

「あー、もう。なんで、どいつもこいつも、十二月にまとめて文書提出してくんの？　年末は、現場よりも総務のが忙しいんやからね!!」

片手でファイルを持ち、竹山は顔を緩めてタバコをくわえる。

「何よ、変な顔して」

「……いや、別に」

自分が原因でなくてほっとしたとは、言えなかった。

「あんたも、書類たまってるんやからね。現場が大変なのは分かるけど、こっちだって、あんたらの尻拭い大変なんよ」

「分かった。今週中にはなんとかする」

「……ついでに、あいつもなんとかしてや」

そう言って　梨花は煙を吐く。

「あいつ？」

「竹山、あんた、メンヘラちゃんに何かしたん？」

げほっと、竹山は煙を吐き出す。

「ここんとこ、ふたりで行動してないやろ。なんでなん」

総務の梨花は、現場に向かう人間の動向を全て把握している。

「ずっとべったりやったのに、嫌われちゃったん？」

タバコを灰皿に押し付け、竹山は口を開く。

「……嫌われる以前に、好かれてねえだろ」

梨花は目を大きくしたあと、げらげらと笑い始める。

「あんた、ほんまのアホやな」

目の前の楽しそうな顔が、竹山の記憶で重なる。

「……何なんだよ、お前ら」

「……らって、あたしと、誰を、いっしょにしてんの？」

ぎろりと睨まれ、答え分かってんじゃねえのと思った。

「まあ、あんたらふたり見てたら、おもしろいからな。そこは同意するけど、あいつは、ゴキブリ以下の存在やから、いっしょにせんとって」

言葉も性格もきつい梨花だが、ここまで言う相手はひとりしかいない。

「……なあ、梨花と……松って、何かあったのか？」

四年前、松波が県警に赴任してすぐ、梨花は嫌悪を露わにしていた。

「……ほんま、竹山はアホやなあ」

梨花は、目を細めて答える。口を開こうか、竹山が迷っているときだった。後ろからただならぬ気配を感じ、振り返る。

「ほら、行ってあげえや」

喫煙所を囲む透明な壁に、外側からはりついた望月が、竹山を見つめていた。

「竹山は、……もうちょっと、周りのこと見えるようになりや」

トーンが変わった声に顔を向けた。竹山は口を閉じる。

透明な壁の向こうで、望月はおろおろと左右に揺れ、中の様子を窺っている。「早く行け」と梨花に言われ、望月とともに、すっかり忘れていた年末対策の会議へ向かった。

## 2

「おい、遅えぞ!!　もう始まるで!!」

会議室に入った竹山たちに、桜田が叫んだ。残念なことに、席は桜田の横しか空いていない。

「おい、ハゲ。もうちっと横詰めろや」

望月は無言で頭を何度も下げ、なんとか体を小さくする。

真ん中にいる竹山は、息苦しさを感じながら配られた資料を読む。最近頻発している事件の箇所で、眉間にシワを寄せる。

今月に入ってから、全国で毎日起こっている。風呂場で手首を切り、発見が早ければ未遂、遅ければ死に至る事件。ガイシャたちは、中学生から二十代前半の女だった。

「おい、そこの一番後ろ。早く起立しなさい!!」

「へっ」と顔を上げると、周りの人間が席を立っている。竹山も、慌てて立ち上がる。

「礼、休め!!　では、今から、年末対策会議を始める!!」

壇上には捜一の係長が並び、会を進行していく。

「なんや、竹山は、もうへばってんのか。今からそんなんやと、年末までもたへんで」

隣の桜田が、楽しそうに言った。竹山は「大丈夫です」と前を向いて答えた。

「ならええけど。ったくよお、お前んとこの係長は、こんな日に接待ゴルフ行くなんて何考えとんや」

ぐちぐちと続く愚痴に、相槌は打たない。竹山は席の一番前にある背中を見ていた。

「次は、捜査一係から。今月に入って、全国で多発している自殺事件について、梅林寺君」

竹山が、椅子から落ちそうになった。

「はい。今、全国で発生している自殺事件について、資料にない共通点を見つけましたので報告します」

「なんや、『メンタム』ちゃん。堂々としたもんやな。先輩はあかんのに、立派なもんやでえ」

桜田の嫌みに、返事を返す余裕はない。席を立つ背中を、竹山は目を大きくして見ている。

「十二月に入り、今日、八日までで、ガイシャは二十名、うち五名が死亡。ガイシャたちは全員、ロックバンド【tumbling down】のファンクラブに入っていたのがわかりました」

ざわざわと声が上がる。

「【tumbling down】に、事件解決の糸口がないか捜査中ですが、同バンドのコミュニティーサイトにて、明日行われる神戸のライブ会場で、自殺を予告する書きこみを発見しました」

「では、明日、会場に捜査員を配備、実行する前に確保で」

壇上からの声で、部屋は静かになった。

「捜査員として、私が行ってもよろしいでしょうか」

リリコの声のあとに、壇上でいくつか笑い声が上がる。

「梅林寺君、君は、キャリアだ。だが、今ここではひとりの研修生にすぎない。事件に対する姿勢は、上にきちんと報告しておきますよ。では、次、捜査四係から」

リリコが席に着く前に、次の議題が始まる。

「あーあ、ありゃねえよなあ」

席に着く、いつもよりさらに小さく見える背中。それを見ながら、竹山は桜田に一言も返さなかった。

「では、今月は気合を入れて乗り切るように。解散!!」

一時間ほどの会議が終わり、竹山は一番前の席へ向かう。

「梅林寺」

「何か用事ですか。すぐに、捜査に向かわないといけないんです」

こちらに振り向かず答える声。竹山は、片手を振り上げた。

「なんですか。パワハラですか」

ごすんと頭に平手が刺さっても、リリコは振り向かない。

「手をどけてくれませんか」

「……うるせえっ!!　お前は、本当にムカつくわ!!」

頭の上で拳を作り、竹山はぐりぐりと動かす。慌てて近づいてきた望月が、おろおろと見ている。桜田は、後ろの席からにやにやと眺めてから出ていった。

「あのなあ、研修生が、捜査任せて下さいだあ？　初めての会議で発言させてもらっただけでもありえねえのに、よく言えたもんだなあ？　……それに、なんで、ひと言も相談しねんだよ‼」

一係の人間しかいない会議室に、竹山の声が響いた。

「竹山さん〜、もう、その辺にしてあげて下さいよ〜」

鳥居の声に、竹山は我に返る。頭の上から手をどけ、背中を向けると、一係の面々が生ぬるい視線を送っている。

「……竹山さん、僕らには……」

風間が申し訳なさそうに、口を動かす。そう言えば、リリコは一人壇上の前に座っていた。

「竹山さんには悪いんですけど〜、今回の件〜、教えたら、絶対ね〜」

リリコが、くるりと振り返り頭を下げる。

「すいません。こうでもしないと、彼女たちを救えないと考えました」

竹山は、かあっと顔が熱くなるのを感じた。

「竹山さん〜、とりあえず、説明させて下さい〜」

鳥居の言葉に、竹山は片手で顔を隠した。五人は一係の部屋に戻り、リリコの机を皆で囲んだ。

「さっき～、梅林寺さんが言ってたサイトは～、僕が見つけたんですよ～」

鳥居が喋り始め、リリコはマウスを握り、画面のカーソルを動かす。

「また、書きこみが増えてますすね」

竹山は薄い肩越しに、ずらりと並ぶ文字を追っていく。

匿名大型掲示板の【tumbling down】のスレッド。明日、神戸で行われるライブ中に自殺をほのめかす発言が続いている。

「……これ、ひとりの発言じゃねんだよな」

竹山は、目を細めて言った。

「書きこみに使用されるＩＰアドレスは、重複はありますが複数です。十二月に入ってから、掲示板のスレッドや、ファンが作ったＳＮＳのチャットに、こういった類の書きこみが始まりました。まだ全員を調べきれてませんが、おととい未遂で済んだガイシャが、ここで発言した直後に実行していました」

鳥居に代わり、リリコが口を動かす。

「僕と、梅林寺ちゃんがそこまで調べたんですけど～。上はね～、あんまり、重要な事件だと思ってないんですよね～」

「……はあっ？　それどういうことだよ⁉」

鳥居の肩を強くつかみ、竹山が言った。

「自殺だからです」

リリコが、竹山をまっすぐに見て口を動かす。

「事件性がはっきりしていない、犯人がいない。だから、一週間で二十人のガイシャ、五人のホトケを出しているのに動かないんです。なので、明日、神戸のライブハウスでの自殺予告を、私が最初に掲示板に書きこみました」

一瞬の間のあと、竹山が口を大きく開いた。

「責任は、ちゃんと取ります。私は、自殺を馬鹿にする奴らが許せないんです」

二度目のセリフに、言葉が取り出せなかった。

「まあ～、そんなわけで～、こんな作戦、絶対、竹山さんは許さなかったでしょ～」

鳥居の言葉に、竹山は口を閉じる。

「……それが、竹山さんの良さですから……」

声は小さいが、風間がしっかりと言う。皆の後ろにいる望月が、うんうんと頷いている。

「責任取るって、お前は捜査官として潜れねえぞ」

「はい。それに、私は明日非番ですから」

そう言って、リリコは鞄を探り封筒から取り出した。

「取るの～、すごい苦労したんですよ～」

鳥居が、自慢げに話す。リリコは、竹山に二枚のチケットを見せる。

「そうか。じゃあ、俺は明日有給だ」

そう言って、竹山はチケットを一枚奪う。

「え～、僕が行こうと思ってたのに～タンダンのプレミアライブ～」

じろりと竹山に睨まれ、鳥居は口を閉じる。その横で、リリコは固まっている。

「梅林寺、問題あるか？」

少し経ってから、「ないです」と小さく聞こえ、竹山はにやりと笑う。

「じゃあ～、明日は～、ライブハウス内に、竹山さんと梅林寺さん～、外には、外回りでたまたま通りかかった僕ら三人ということで～」

鳥居の言葉に全員が頷く。

「……では、気合入れるために、円陣とか組みませんか……？」

「ええ〜、それ、昭和式ですか〜」

風間の発言に鳥居が声を上げ、竹山が頭に拳を落とす。

「っしゃ、鳥居、片腕出せ」

片手で頭をさすりながら、鳥居は腕を伸ばす。

「望月さん、恥ずかしがらなくていいんですよ」

竹山、鳥居、風間の手が重なる上、頭をピンクに染めた望月が手を伸ばす。

「おいっ、首謀者。お前も」

「首謀者は犯罪者の形容です、他の言い方で」

「早くしろ!!」

言葉を遮った竹山が、冷たい手を握る。小さな手が、一番上に重なった。

「一係、明日は、気合入れてくぞ!!」

竹山の声のあと、おーという声が部屋に響いた。

## 3

草壁を除く一係全員で、気合を入れた次の日。日が暮れた頃、竹山は、待ち合わせ場所でイライラしていた。

リリコが、三十分過ぎても現れないからだ。三宮のドン・キホーテの隣、地下にあるライブハウスの入り口は、開始を三十分前に控え、若い女子が溢れていた。そんななか、竹山はかなり浮いている。

「……ったく、電話出ろよ!!」

ひとり言を呟く、サングラスにニットキャップ、ミリタリーコートにごついブーツの大柄な男。周りの目が注がれ、あたりに空間ができている。

それに気づいていない竹山は、通話を切ると同時の着信に声を上げる。

「おい!!　お前、今どこだよ!!」

「後ろにいます。竹山さん、不審者みたいですね」

竹山は、耳元と同じ声が後ろから聞こえ、振り返る。

「目立たないように変装して下さいって、言いましたよね」

目の前にいる、リリコの赤い唇から出た言葉に、竹山は何も返せない。

「仕方ありませんね。では、行きましょうか」

黒いライダースジャケットに、リリコは携帯を入れる。

「……なあ、何なんだ、その手……」

「ロックコンサートでは、こうするんです。竹山さん、知らないんですか」

胸の位置で、両手をきつねの形にしているリリコは、そう言って背中を向けた。

「……梅林寺、その格好は、どうしたんだ？」

「さっき、望月さんが紹介してくれた、ＪＲ元町駅の高架下のお店で揃えました。メイクまでしてくれて、とてもいい店員さんでした」

入り口の列に並び、竹山は目を丸くして隣を眺めた。

リリコは、全身黒だった。黒いホットパンツから伸びる、穴が空いたストッキングと厚底ブーツも黒。黒以外は、ジャケットの下、血しぶきが散る白いシャツ。十本の指全てに銀色のごつい指輪、耳には銀の棘《とげ》がついている。

格好もだが、竹山の目を一番奪うのは、

「……梅林寺、その化粧、どう思う？」

パンダのような黒いアイメイクと、真っ赤な唇だった。

「殴られて一晩経ち、吐血したあとのようですね」

触覚のように、ところどころ髪の毛が立っているリリコは答えた。両手のポーズを崩さないまま。

周りの女子たちは、【tumbling down】のロゴが入ったシャツに、パンツやスカートにスニーカーという格好だ。

明らかに、ふたりはいっしょにいることで、余計に浮きまくっている。

「竹山さん、【tumbling down】の情報はちゃんと頭に入れてきましたか」

「……ああ」

「じゃあ、死んだままにしておけば長生きするのに、生かしておくとすぐに死んでしまうものは？」

慣れないリリコの顔を見ながら、竹山は口を開けない。

「曲と歌詞は必ずって、昨日言いましたよね」

「聞いたよ!!　でも、ああいう、うるせえお経聞いてると眠たくなんだよ!!」

「お経ではなく、ジャパニーズラップというんです。竹山さんて、ミスチルとコブクロとグリーンしか聴かないんですか」

「なんで知ってんだよ!!」

リリコが、珍しく顔を変える。口角を上げた表情は、メイクの為、竹山には不気味に見えた。

「母の、ひとつ前の彼氏が、竹山さんと同じ歳だったんです。竹山さんの家や持ちものを探った訳ではありません」

竹山は、すぐに言葉を返せなかった。

「さっきの答え、わかりましたか?」

「ちょっと待て、すぐに答える!!」

竹山は、【tumbling down】の情報を思い出す。

「【tumbling down】は、メジャー三年目のロックバンド。ジャパニーズラップ、ロック、バラードなどの幅広い音楽に、鬱屈《うっくつ》とした若者特有の歌詞をのせ、ボーカルのシンジのルックスもあり、中高生から二十代前半の女子に絶大な人気を誇っています」

竹山より先に、リリコの口が動く。

「代表曲は、『ロウソク』。そして、今月に入って発売された『サンゴ』も、売り上げが好調なようです」

列が進み、ふたりは階段を降りた入り口に立つ。

「さっきの答えは、『ロウソク』。フィリピンのなぞなぞですが、『ロウソク』の歌詞にも出てきます。ボーカルのシンジは、なぞなぞが好きだとインタビューで答えていました」

目を大きく開けた店員にチケットを渡し、ふたりは狭くて短い廊下の先、扉の中に入る。

「……おい、左右の壁際と、奥にふたりいるのわかるか」

薄暗いライブハウス内は、女子たちで溢れ、甘いにおいが漂っている。百人も入ればいっぱいになるだろう空間の中、私服を着ていても、竹山たちのように浮いているいい歳をした男たちがいる。

「竹山さん、背中を曲げていて下さい。素性がバレる前に、不審者で捕まります」

お前に言われたくないと、出そうとした声を抑える。

「私は、これからお手洗いとロッカールームに行ってきます。ステージが始まったら、昨日の打ち合わせどおりにお願いします」

どっちが上司だと突っ込みたかったが、リリコはさっさと背中を向け、扉の外に出ていく。竹山は腰を曲げ、ごそごそと片耳にイヤホンを付けた。

「……こちら、現場到着」

ざわざわとうるさい中、ポケットの無線のスイッチを入れ、コートの下につけた小さなマイクに話す。

『遅かったですね～。こちらは、すでに到着してます～』

イヤホンから、鳥居の緊張感のない声が聞こえる。

「あいつが、遅刻したんだ。こちらは、中に四人。外には？」

『こちらも、四人～。入り口付近にふたりと～、道路を挟んでふたり～』

予想以上の人数に、竹山は少し驚く。

『なんか～、梅林寺さん可哀想ですね～。そんなに～、現場のプライドって大事なんすかね～』

鳥居の言うとおりだと思った。現場の刑事の中には、キャリアに対してきつい態度を取り、自分たちより動くこと、手柄を上げることを好まない者がいる。

『興味なかったくせに〜、手柄横取りとか〜大人気ないですよね〜』

「無駄口叩くな。風間さんたちは……」

竹山は、言葉を途中で止める。背中をさらに曲げ、正面に見える携帯の画面を見据えた。

薄暗い人混みの中、黒いネイルが動くスマートフォンの白い画面。

そこには、昨日見た、チャットの画面がある。サングラスを外し、竹山は目を細める。

チャットの吹き出しに、小さく黒い爪が文字を刻む。

『始まったら、すぐに作戦決行だよ　p(^Д^)q』

竹山は、携帯を取り出し、リリコがブックマークした同じ画面を開く。

チャットには、ものすごい速さで文字が書きこまれていった。

『ドキドキ☆彡』

『うちらのプレゼント、シンジは喜んでくれるかな？』

『大丈夫だよ』

『ほんとに、少し早い、クリプレだね』

『わー緊張してきたー（≧∇≦）』

『邪魔するヤツ、いたらどうしよう？』

見ていると、体が熱くなっていくのがわかる。竹山は、携帯をポケットに入れ、腕を正面に伸ばす。

「……あの……？」

竹山に頼りない肩をつかまれ、振り返った。目の前の女子の顔はとても幼く、中学生に見える。

「……これから、何をしようとしてる？」

女子の目と口が、大きく開かれた。

「みんな!!　こいつ、邪魔モノだ!!」

そう叫び、女子は、肩に乗る手にカミソリを走らせた。目を開く竹山の周りで、人混みが動く。カミソリ、カッターナイフ、はさみ。いろいろな刃物を持つ、年端のいかない女の子たち。竹山を取り囲み、皆、凶器を向けている。

「おっさん、うちらの邪魔すんな!!」

はさみを向けるひとりが、竹山に進んだときだ。

「……きゃあああああっ!!」

天井のスプリンクラーが、勢い良く会場を濡らし始めた。あちこちで女の子たちの悲鳴が上がるなか、竹山の腕が後ろから強く引かれる。

「行きますよ」

喧騒のなか、小さく聞こえた声に竹山は従う。


会場を出て、廊下を入り口と反対方向に走り、非常口と書かれた扉から外に出る。カンカンと、ふたりはビルの外付けの階段を上っていく。

「……おい、どこまで行くんだ」

竹山を導く小さな背中は、答えを返さない。

屋上の扉に着き、リリコは口を開いた。

「……竹山さん、手錠、持ってますか。……私、忘れてしまって」

上がった息と声を吐き、リリコは扉の中に進む。竹山は、大きく息をくり返してから言葉を返す。

「……持ってるけど」

「……では、お願いしますね。……係員の方から、ここにいると……」

リリコは、給水塔の横にあるプレハブ小屋の前で止まった。

「……すいません、会場でトラブルが起きてしまって、開始が遅れそうです。詳しいお話がしたいんで、入ってもよろしいでしょうか」

関係者以外立ち入り禁止と書かれた紙が貼ってある扉。ノックしたあと、リリコは、いつもより抑揚をつけて言った。少ししてから、内側から扉が開かれる。

「シンジさんですね、警察です」

リリコの声と同時に、中から人影が飛び出した。竹山の体が、素早く動く。左手で袖を引き寄せ、右手で胸ぐらを強くつかむ。シンジの体を軽々と背負い、一瞬で床に叩きつける。

コンクリートの上、持ち主とともに、ノートパソコンが大きな音を立てた。

「今の、背負い投げですか？『瞬殺の竹』って、本当だったんですね」

「うるせえ!!」

顔が赤い竹山は、床に膝をつく。うつぶせで伸びているシンジの両腕を、後ろで手早くまとめた。

「竹山さんは強いのに、なぜ、女の人に弱いんですか」

口を大きく開き、竹山はリリコを見上げる。

「……梅林寺、お前、顔洗ってこい」

4

県警に入ると、周りの目が集まる。それにかまわず、竹山の助言を無視したまま、リリコは一係の取り調べ室に着いた。

「これから、あなたに、全てを話してもらいます」

リリコの向かいには、机を挟み、【tumbling down】のボーカルのシンジがいる。

「……なあ、梅林寺。顔洗ってこいよ」

リリコの隣に座る竹山が、もう一度言う。向かいから小さく笑い声が聞こえた。

「お姉さん。そっちの男前の言うとおりだよ」

細身でリリコと同じくらいの身長。髪の毛が短くなければ、女と間違えてしまいそうな美形のボーカルは、ジャケットの胸に手を入れる。

竹山が、椅子から立ち上がった。

「ほら、お化けみたいだよ」

リリコの顔の前に、シンジが持つ手鏡が差し出される。映っているのは、濡れて崩れた濃い黒と赤のメイク。無言で席を立ち、外へと素早く出ていく。

竹山は大きく息を吐き、座り直す。

「ねえ、僕、何かした？」

机の上、両手で顔を挟むシンジが言った。

「それは、自分が一番分かってるだろ」

「警察に捕まるような、心あたりがありません」

首を傾げ、シンジはほほ笑んだ。

「ねえ、刑事さんて、いい体してますよね。僕、さっき押さえられてドキドキしました」

白くて綺麗な手が、竹山の机に置く手に重なる。艶のある爪が、赤い線をなぞった。

「……これで、お前、傷害罪で逮捕だ」

開く傷より、目の前の楽しそうな顔に熱さを感じる。

「僕、刑事さんのこと気に入っちゃった。ねえ、なぞなぞ得意？」

「あんまり」

「じゃあさ、簡単なの出したげる」

「俺が正解したら、さくさく喋れ。なら、つき合ってやる」

シンジは、竹山から手を離す。赤く染まった爪の先を眺めながら、楽しそうに言う。

「生きてるときは柔らかな緑。死ぬときは、火にあぶられて、死んでも水につけられるもの。なーんだ?」

「ヒントくれよ」机の上で拳を強く握り、竹山は言った。開いた線から、赤が滲んだ。

「今、僕が欲しいもの。刑事さんが間違えたら、解放してね」

にやりと笑う顔に、竹山が拳を宙に上げたときだ。

「すみません。すぐに終わると思うので、お出しできません」

そう言いながら、リリコが部屋に入ってきた。竹山は、手を机に下ろした。

「……お茶だ。ほら、喋れよ」

事情聴取のとき、長丁場だという合図でお茶を出す。そう教えたのを、リリコが覚えていたことに、竹山は少し驚く。

「何から、話せばいいの?」

シンジは肩をすくませ、つまらないという顔をする。

「ファンの女の子たちに自殺を促していたのは、どうしてですか」

竹山の隣に座り、いつものすっぴんに戻ったリリコが言った。

「僕が約束したのは、そっちのお兄さんだよ。ブスは黙って」

そう言って、シンジは竹山に、にっこりと笑いかける。

「ブスじゃねえ、梅林寺だ。……お前は、ファンの女の子たちに、自殺しろと言い続けてたんだろうが⁉」

がんっと、竹山は机に拳を打つ。部屋の中に、けらけらと乾いた声が響き始めた。

「何が、そんなにおかしい？」

竹山に睨まれ、シンジは笑顔で返す。

「僕は、自殺しろなんて言ってないよ？　あいつらが、勝手に、僕のためとか訳わかんないこと言ってるだけだよ？」

「そのとおりです。では、なぜ、『サンゴ』の歌詞に、あのようななぞなぞを入れたんですか？」

質問に質問で返され、シンジの顔色が変わる。

「〝今年の十二月、少し早いクリスマスプレゼント。サンゴの中にあるモノを、本当に僕が好きなら、くれるよね〃」

棒読みの歌詞に、シンジが顔を歪める。

「さんとごの真ん中は、よん。死、ですよね」

「……何それ。梅林寺さん、コナン君の読みすぎ」

「ああ、私の話、聞いてくれるんですね。すいませんが、私はおっしゃってる漫画は読んだことはありません。では、続けますね」

漫画って分かってんじゃねえかと、竹山は突っ込まず、リリコは言葉を重ねていく。

「今、私が話したことを、『サンゴ』のCDが発売されてから、いちファンを装い、掲示板やSNSのチャットにくり返し書きこんでますよね。IPアドレスの調べはついていますし、先ほど押収させて頂いたノートPCからも、証拠が出てくるでしょう」

リリコは、ライダースのジャケットから携帯を取り出す。指で何度か画面を触り、シンジの顔の前に差し出した。

「ここでのやりとり、全部読ませて頂きました。歌詞の説明をし、やり方を教え、実行を促す、とても楽しそうでした。人の心理を操るのが、とてもお上手なシンジさんは、学部は違いますが私の後輩でしたね」

机に置かれたスマートフォンに、チャットの過去履歴が映っている。リリコが画面を指で動かすたび、シンジの顔が硬くなっていく。

「高学歴で容姿に恵まれ、バンドは人気。死をプレゼントするぐらい、盲目で熱狂的なファンたち。シンジさん、これ以上、何が欲しかったんですか」

「……褒めてくれてんの？　てゆうか、欲しいって、何それ？」

引きつった笑みを浮かべるシンジに、リリコが言う。

「調べていくうちに、シンジさんは、理路整然とした頭のよい人だと感じました。創る音楽も、事件の経緯も。そんなあなたが、暇つぶしや楽しみで、こんな、くだらない事件を起こしたとはどうしても思えないんです。そして、動機はわかりませんが、この事件を起こした先にあるものを、見ている気がしたんです。それが何か、教えてくれませんか」

長いセリフのあと、部屋はしばらく音がなかった。

「……あんたがつけてる、汚いびらびらが欲しかったの」

取り調べは、朝方まで続いた。

拘置所に護送するため、手錠を着けたシンジとともにふたりは一階に降りる。リリコたちが玄関に着くと、男を引きずる望月がいた。その後ろには、疲れた顔をした風間と鳥居。

「……シンジ!!　どういうことだよ!!　お前、俺を裏切ったのか!!」

望月に羽交い締めにされている男を見て、シンジは目を開き、細めた。

「おい!!　待てよ!!」

「黙れ、チキン野郎」

そう言って、リリコが中指を男に突き立てた。あたりは静まり、周りにいる全員の目が開かれる。それに構わず、リリコはシンジを連れて外に出た。

「……ありがとう、ブス」

護送車に乗り込むとき、シンジは笑顔で言った。

「どういたしまして。ブスではなく、梅林寺です」

そう言って、リリコは車の扉を閉める。車が小さくなるのを見ながら、リリコの後ろにいる竹山が言った。

「……お前、さっきの」

「店員さんが、教えてくれたんです。ライブ会場で、粗相をされたときの作法だと」

いや、それ、間違ってるからと言う前に、リリコが振り返る。

「あとの取り調べは、みなさんにお任せしていいでしょうか」

「ああ、横取りされずに済んだな」


望月が連れてきた、リリコが罵った男が、今回の事件の原因を作っていた。

男は、【tumbling down】のリーダーで、シンジを長年利用していた。シンジは利用されているのを知りながら、バンドを軌道に乗せ、全てを聞き入れてきた。

叶わない恋心は限界を超え、シンジは事件を起こす。

「竹山さんは、シンジさんの気持ちわかりますか」

まっすぐに見つめられ、竹山はすぐに口を開けない。

「尽くして、尽くして、それでも振り向いてもらえない。だから全部壊したくなった」

シンジの動機を、リリコがくり返した。

違法なクスリを常用し、ファンの女の子たちを好きにしているのまでは許せた。だが、二ヶ月前、キマッた状態の男に、目の前で女とヤレと言われ、そう思ったらしい。

「恋って、怖いですね」

「事件を起こし、バンドと、最後に、男を壊す予定だった」とシンジは語った。リリコたち一係は、自殺だけではなく、他殺も阻止したのだ。

「……お前が、語るんじゃねえよ」

竹山の言葉に、リリコの右眉が動く。

「それは、どういった意味でしょうか」

「したことねえだろ。恋」

リリコの、裸の目が大きくなる。

「あんなんばっかりじゃねえから。安心しろ」

「なるほど。その日会った女性に、最後の男に選ばれる竹山さんは、たくさんの恋の経験があるんですね。私のような処女に、貴重なご意見ありがとうございました」

今度は、竹山が目を大きく開く。

「……お前、何言って……」

「では、私は失礼させて頂きます。明日は、今日の代わりにお休みを頂きますので」

リリコはがばりと頭を下げ、背中を向けて歩き出す。

「何なんだ……」

小さくなる姿を見ながら、竹山が呟く。

「……そうか、……やっぱり、あいつ……」

考えてしまったことを払うため、ぶんぶんと頭を振る。

「おい、お前なにやっとんや」

後ろから聞こえた声に、竹山は動きを止めた。

「……お疲れ様です」

「なーんか。楽しそうなことやっとったみたいやな」

竹山の正面に回り、桜田はにやりと笑う。

「……なんのことですか？」

「嘘吐くん、相変わらず下手やな。なあ、今から少しつき合えや」

「すいません。今から、取り調べがあるんで」

「須磨の事件の実行犯、目え覚ましたらしいで」

そう言って、桜田は真面目な顔を竹山に向けた。

「竹山、お前は、もう関わらんでええから。藤井《ふじい》とした約束守りたいなら、会いに行ったらあかんで」

## 5

県警を出て花房診療所に着くと、リリコは手厚い歓迎を受けた。待合室のテーブルには、お茶とともに、お菓子と果物が並んでいる。

少しずつ手をつけたのを見てから、花房医師が口を動かす。

「久しぶりだねえ。お仕事、忙しいみたいだけど、体は大丈夫？」

リリコと久し振りに会えた花房医師は、溶けたバターのような顔をしている。

「はい、体が疲れているからか、とても良く眠れます」

「そりゃ、良かった。しっかし、今日の格好は、ワイルドだねえ〜」

「やっぱり、似合ってませんか」

ソファに座るリリコの向かい。丸椅子から体がはみ出ている花房医師は笑った。

「笑うほど、似合ってませんか」

「いやいや、可愛いよお。ごめん、ごめん、嬉しくて」

リリコが、首を傾げる。

「……初めてだから、リリコちゃんが、そういうこと言うの」

花房医師は、これでもかと目尻を下げて言った。

「そうですか」

「うん。もしかして、何か、進展あった？」

「進展とは」

「『あかいおまわりさん』」

待合室に、沈黙が流れ出す。

「……あ、お茶冷めたから、淹れ直してくるね」

花房医師は、よっこらしょと立ち上がる。

「いえ、もう結構です。先生、今日は、何か私に急用があったのでは」

「……んー、リリコちゃんには、敵わないなあ」

『最近、どうしてますか、暇があればいつでも遊びに来てね』といつも通りのメールを送ったはずだと、花房医師は思った。

「十年間、ほとんど、文字だけのおつき合いをしているからです」

花房医師の疑問に、リリコが答えた。

同じ数のノートを、ふたりは十年前から増やし続けている。言われるとおりだと、花房医師は思った。

「……そっか、そうだよね」とつぶやき、花房医師は座り直す。

「悪い知らせでしょうか」

リリコのまっすぐな目を逸らさず、花房医師は答える。

「今のリリコちゃんには、どちらかわからない。……昨日、いや、もう一昨日か、目を覚ましたよ。……あのときの、実行犯が……」

びりりと、リリコの全身が震えた。

「まだ、言葉が話せる状態ではないが、脳波や体に異常はないらしい」

「……つまり、もうすぐ」

リリコは、途中で言葉を止めた。口元が、ゆるんでいるのに気がつく。目の前の顔が、いつもと違う表情を浮かべているのも。

「ひとりで会いに行かないって、約束してくれる？」

目の前の笑みを消した顔に、リリコは固まる。

「約束してくれないと、私が、先に刑務所に入るよ？」

「ずるいですね。花ちゃん先生」

「……君には、娘のぶんも幸せになって欲しいんだ」

「本当に、ずるいですね」

花房医師は、表情を崩しへへっと笑う。

「約束してくれる？」

リリコは、少し経ってから、こくりと小さく頷く。

「良かった。この歳で、牢屋の中はきついからねえ」

花房医師の笑顔に、リリコは顔をいつもの無表情に戻す。

残った食べ物と、おにぎりや惣菜を入れた重い袋を渡され、リリコは花房診療所をあとにする。

「じゃあね。眠れなかったら、すぐに来なさいよ」

タクシーに乗り込むリリコに、花房医師が言った。リリコは「おやすみなさい」と返す。

夜がもう明ける、紫色の街。少しの距離を走る間、リリコは窓の外を見ていた。

十年振りに神戸に戻り、初めて仕事に就いてから、自分の生活は一変した。

……でも、決心は揺らがなかった。
マンションに着き、部屋に入ると、リリコはすぐにテーブルにあるノートを手にする。床に座ってページを開き、挟んでいるペンを取る。いつもと違い、長い時間手を動かしている途中。リリコはノートを枕に眠ってしまった。
びっしりと、青い文字が書かれたページ。書かれている文字は、ふたつ。

もうすぐだ
が続き、最後に、ひとつだけ。

やっと、死ねる

第7話 ✕ 温かいオト

## 1

「竹山さん、あなたの犠牲は無駄にしません。いっしょにいた時間を糧に、これからの短い時間を過ごして行きます」

後頭部のがんがんする痛みに、意識が薄れそうになる。顔の横には、硬球のボール。

マウンドにぶっ倒れている竹山は、口を大きく開く。

「……お前、俺を殺す気か!!」

上半身を起こし、竹山は大きく叫ぶ。

「失礼ですね。私は、けん制球を投げただけです」

「お前、この試合終わったら、出るとこ出てやるからな!!」

「おめえら!!　痴話喧嘩はあとにしろや!!」

ベンチから、ふたりがいる一塁に桜田の声が飛ぶ。

『痴話喧嘩じゃ……』

リリコと、竹山の声がぴたりと重なる。

「はい、は〜い、ふたりとも自分のポジションに戻って下さい〜。寒いんで〜さっさと終わらせましょうよ〜」

十二月も半ば、薄曇りの平日の午後。尼崎市にある小田南公園に、一係の人間が集まっている。集めたのは、尼崎生まれ、尼崎育ちの、桜田だ。

有名な漫才師の出身地であり、大阪府にあると間違われる兵庫県尼崎市。公園の中にある軟式野球場は、冷たい風がびゅうびゅうと吹いていた。

桜田は、ひとりだけ、上下揃いのユニフォームにスカジャン。風間を除く一係の面々は、かろうじて、半袖のユニフォームだけ揃っている。

リリコは、いつものリクルートスーツ姿で、ジャケットの下に着ていた。

「竹山さん、生きてるなら立って下さい」

竹山を見下ろし、リリコが言った。

「お前!! なんで、硬球持ってんだよ!!」

「けん制するときに使えと、桜田さんに渡されました。さあ、試合を再開しましょう」

そう言って、リリコはマウンドに戻る。

「……大丈夫です、望月さん」

心配そうな顔した望月の手を取らず、竹山は立ち上がる。最悪な、非番の日だと思いながら。

「おらーっ、てめえら、死ぬ気で守っていけやあ!!」

ベンチから聞こえる大きな声に、竹山は頭を押さえた。

「てゆうか～、やる気あるの～、両方ともベンチだけですよね～」

二塁を守る、明らかにやる気のない鳥居が竹山に近づく。グラウンドには、桜田の怒声と、相手チームの穏やかな声援しか響いていない。

「あ～、リリコちゃんも～」

「……あいつ、まじで訴えてやる!!」

竹山の視線の先、無茶苦茶なフォームで、おじいちゃん相手にリリコが球を投げている。へろへろと遅い球は、ゆっくり動くバットにかすらず落ちた。

「てゆうか～、相手さん、何者なんですか～」

「……桜田の親友がやってる、老人ホームの人達らしい」

野球は、当然ながら、九人で一チームだ。桜田率いる県警チームは、四人で、キャッチャーは相手チームの人間。相手が平均年齢七十歳越えなので、ハンデだと桜田は言った。

「てゆうか〜、これ〜、接待野球ってやつですよね〜」

ボールだけで、相手チームは点数を入れる。竹山たちは、バットをぶんぶんと振り続ける。ゲームは終盤に入っているが、逆転はなさそうだ。

「まあ、警察官と野球できるってだけで喜んでくれてんだ。もう少し我慢してくれ」

「はい〜、まあ、今日暇だったからいいですけどね〜上ロース頼みますからね〜」

そう言って、スタイリッシュなスポーツウェアを着た鳥居はポジションに戻る。三塁では、ライダーの格好の望月が、真面目にグローブを構えている。


ふたりに「すまん」と思いながら、黒いジャージの竹山は、マウンドに顔を向けた。小さな山の上、リリコは真剣な顔で腕を振っている。

年末の忙しい時期だが、今日、草壁はまた本庁で、一係の皆が非番だ。

先日の、ライブハウスの事件のせいだった。

単独で手柄を上げた一係は、他の係から睨まれ、大きなヤマから外されるようになった。

研修生の犬だと、侮蔑の噂つきで。得をしたのは、上から褒められた草壁だけだ。

「ピッチャー交代!!　竹山!!」

空を仰いでいた竹山に、桜田が叫んだ。マウンドを見ると、リリコの肩が大きく上下している。

「おい、殺人ピッチャー、交代だと」

マウンドに近づき、竹山が言った。

「まだ、大丈夫です。やれます」

お前は、野球漫画の主人公かと突っ込みそうになった。竹山は、リリコの肩を摑みどかせる。

「お前、俺のフォーム見とけ」

「竹山さん、野球漫画の読みすぎじゃないですか」

お前に言われたくないわと叫ぶ前に、リリコは一塁に向かっていく。

「竹山!!　ちゃんと投げるんやで!!」

分かってますよと言ってから、竹山はグローブを握り直す。

「なんか〜、竹山さんて〜なんでもできるんですよね〜」

一塁に立つリリコに、鳥居が近づき話しかけた。ふたりの視線の先には、綺麗なフォームで手加減した球を投げる姿がある。

「竹山さんは～赤ですよね～」

「……どういう意味ですか」

鳥居は、前髪をいじりながら言う。

「戦隊モノですよ～。熱血で～、リーダーのレッド～、で、僕は～、お調子者のイエロー。風間さんは～、平和主義のグリーン。望月さんは～、乙女なピンク～」

「なるほど」

「で～、リリコちゃんは～クールなブルー～」

「なるほど。鳥居さんは、人を良く見てますね」

褒められたと思い、鳥居は「そんなぁ」と笑顔を作る。

「今日は、風間さんは」

「ああ～、来年の一月が昇進試験なんで～、竹山さん～、誘わなかったみたい～」

「なるほど」

「おい、梅林寺!!　ちゃんと見てんのか!?」

竹山が、ふたりを見て叫んだ。

鳥居はにやりと笑い、やっぱりレッドだとリリコに言った。

試合が終わり、後片づけを終え、桜田に捕まる前に一係は逃げるのに成功する。

## 2

「あの人～、絶対、寂しがり屋さんですよね～」

鳥居の発言に、隣にいる望月がこくこくと頷いている。三宮行きの阪神電車の中、四人は並んで座っていた。

「鳥居、それ、本人に絶対に言うなよ」

「言いませんよ～、あっ、僕いったん家に帰ってから～店に行きますね～」

「望月さんも、そうしますか？」

望月はこくこくと頷く。

「あれ～、リリコちゃん、寝てる～」

鳥居の横、一番端に座るリリコは、ゆらゆらと頭を揺らしていた。

「夜勤明けでしたもんね～、竹山さんも、鬼ですね～」

鳥居は、リリコの手から、飲みかけのエナジードリンクの缶を取ってやる。

「来なくていいって言ったのに、来たんだよ!!」

昨日、一係の部屋で、桜田が竹山をしぶとく誘っているときだ。隣の席のリリコが、是非参加したいですと言い出した。

「野球したことないから〜、してみたいって〜、目、キラキラさせてましたもんね〜」

「……キラキラって」

「してましたよ〜」

望月がこくこくと首を振る。竹山は黙り、鞄を探る。

「竹山さんて〜、見てるようで、あんまり見えてないですよね〜」

鳥居の言葉に、竹山はすぐに返せなかった。頬に、透明な雫を流す梨花を思い出したからだ。

「……俺も寝る。三宮に着いたら起こしてくれ」

試合後、鳥居にもらったエナジードリンクの缶を鞄に戻す。リリコと同じく、夜勤明けだった竹山は目を閉じた。

「……さん。お客さん、起きて下さい」

体を揺すられ、竹山はぱちりと目を開ける。

「すいません、清掃しますので出て頂けますか」

「はっ、はい。すいませ……」

竹山は、肩の重さに顔を向けた。黒い髪の毛が、上下に揺れている。

「おい、梅林寺、起きろ。梅林寺!!」

しばらく、声をかけ肩をゆすったが、リリコは意識を取り戻さなかった。竹山は、大きく息を吐いた。

「……ったく、子どもかよ」

そう言ってから、軽い体を背中に担いだ。

帰宅ラッシュの夕方。阪神三宮の電車乗り場で、黒いジャージを着た大柄な男が、就活生を背負った姿は目立つ。周りの視線を感じながら、竹山は阪神電車乗り場からさんちかを通って、阪急電車乗り場まで着いた。

蓬莱《ほうらい》の豚まんの匂いに、腹が鳴ったときだ。切符売り場の下、うずくまる姿を竹山は見つける。

「あの、大丈夫かな？」

竹山はのしのしと近づき、声をかける。元から大きな目を開いたあと、女の子はぼそりと言った。

「……黒ぴょん、おとしちゃったの」

消えそうな言葉に、竹山は、「ああ」と返す。

「よし、おじちゃんも捜すから、このお姉ちゃん見ててくれる？」

壁際に、まだ意識のないリリコを下ろし、竹山は床に両膝をつく。少ししてから、遠慮がちな声が聞こえてきた。

「すいません、この少女の落とし物をいっしょに捜しています。そこで寝てるのも、私と同じです」

竹山は、阪急電車の職員に、ジャージの胸から出した警察手帳を見せる。

「おじちゃん、けいじさんなの？」

立ち上がり、少女が竹山に言った。

「そうだよ」

「ひょうごけんけーのけいじさん？」

「えっ」と、目を開いたときだ。竹山は、少女のブーツから、黒い耳がのぞいているのに気がつく。

「おねがいします。ひょうごけんけーに、つれていってください」

黒ぴょんのぬいぐるみを少女の手に乗せ、竹山は「いいよ」と言った。


背中に、まだ目を覚まさないリリコ、両肩にふたり分の荷物。片手に小さな手を握って、竹山は自宅のマンションに着く。

「ちょっと、ここで待っててね」

扉の前に少女を残し、竹山は部屋に入る。リリコをベッドに乗せ、窓を開け、テーブルの上を片づける。

「何故、私、ここにいるんですか？」

振り向くと、リリコが上半身を起こしていた。

「もしや、もう、コトが済んだあとでしょうか」

「……はあ？」

「この、けだもの」

「おじちゃん、けだものって何？」

「私だけでは、物足りず、こんな少女まで。鬼畜の極みですね」

冷たい目をしたリリコと、部屋に入っている少女を交互に見た。

とりあえず、竹山は腕を伸ばす。

「おっ、ま、えっは、子どもの前で、言っていいことと悪いことも分かんねえのか!!」

ぐりぐりと、リリコの頭の上で大きな拳が動く。

「おじちゃん、お姉ちゃんをいじめないで」

少女の声に、竹山は手を止める。

「ありがとうございます。私は、いつも、このおじちゃんにいじめられているのです」

ひらりと、素早くベッドから降りたリリコは、少女の前に座る。

「私の名前は、梅林寺凛々子です。あなたのお名前は？」

大きく口を開けている竹山を背に、リリコは少女に聞いた。

「かりん。あけぼのようちえん、ねんちょうぐみの、いずみかりんです」

「かりんちゃん。お歳の割に、しっかりされてますね。お腹はすいてませんか」

「すいたー」

「竹山さん、何か、ありませんか。なければ、買ってきて下さい」

なんで俺がという言葉を飲みこみ、竹山はコンビニに走る。

リリコは、いつものゼリーで、六歳の女の子は何が好きなんだと思いながら、目につくお菓子とジュースをカゴに入れていく。精算中、壁の時計が集合時間を指しているのに気づいた。

……鳥居は、時間にうるせえからな。

そう思いながら、竹山がコンビニを出て携帯を手にしたときだ。

「竹山さん？」

「えっ……、あっ、どうも、ごぶさたしてます」

竹山が顔を向けると、花房医師の笑顔があった。

「どうもどうも。いやあね、近くで肉まんが売り切れで。こっちは、ありました？」

「……すいません」

竹山が持つ袋を見て、花房医師は目尻を下げる。

「こんなに、お好きなんですね」

「いや、……家にいる客に、何がいいかわからなくて。良かったら、ひとつ」

「いえいえ、温かいうちに、食べさせてあげなさいよ。お引き止めして、ごめんねえ」

花房医師は、ぽんぽんと竹山の肩を叩く。

「頭痛は治まってるのかな？」

「あっ……、はい」

「そうかい、そりゃ良かった」

花房診療所を訪れてから、三週間経っていた。

その間、日々の忙しさから、竹山は十年前に関わらずに過ごしていた。松波に、ラブホテルの件で電話はかけたが、捜査資料については触れなかった。

また、逃げている。そう思い、後頭部からちりっとした痛みを感じたときだ。

「竹山さん、思い出そうとするのはやめなさい」

花房医師の言葉に、竹山は目を開いた。真面目な顔で、花房医師は続けた。

「後輩ちゃんと、事件に関わろうとすることも。あとは、私たちに任せて下さい」

竹山が口を開くと、目の前の顔がくしゃりと戻る。

「では、失礼しますね」

花房医師はぺこりと頭を下げ、コンビニに入っていく。竹山は、言葉の意味を考えようとした。だが、頭痛が始まるのを感じ、思考を閉じた。

重たく感じる右足を動かし、自宅にたどり着く。部屋に入ると、ふたりの姿が見当たらなかった。竹山の耳にぼそぼそと聞こえてくる。


「……せいこうしたね」

「……はい、絶対成功すると思ってました」

竹山は、足音がしないよう静かに移動する。

「刑事なのに、竹山さんは、鈍感ですからね」

「……おい、何やってんだ？」

竹山がパイプベッドと床の隙間を覗くと、よっつの目があった。

「にんじゃごっこー」

かりんの無邪気な声と顔に、竹山は顔をゆるめる。

「あと、家探しを」

竹山はリリコをずるりと引きずり出す。

「お前!! 本当に、出るとこ出てやろうか⁉」

「隠し場所がわかり易くて、拍子抜けでした。豊満な胸が好きなのは、本当だったんですね」

竹山が大きく口を開く。

「おじちゃん、お姉ちゃんにいじわるしちゃだめ!!」

ベッドの下から出てきたかりんが言った。竹山は口を閉じる。

「大丈夫です。今は、私が意地悪してたんで」

かりんが首を傾げ、竹山はリリコから手を離す。

「かりんちゃん、手洗おうか。ご飯、買ってきたから」

「はーい」と、リリコもいっしょに返事をした。お前はいいんだよと思いながら、三人で洗面所に向かう。手を洗ってからテーブルを囲み、夕飯が始まる。

「お姉ちゃん、それだけでいいの？」

竹山は焼肉弁当、かりんは肉まんやあんまん、リリコは、ゼリーを吸っている。

「はい、私は、修行中の身なので」

「しゅぎょー」

「はい、巨悪な敵と戦うために、そこにいるおじちゃんに教えてもらいながらね」

「あっ、お姉ちゃんも、けいじさん？」

「かりんちゃん。どうして、兵庫県警に行きたいの？」

リリコの代わりに、竹山が遅くなった質問を投げかける。

「竹山さんて、何にも知らないんですね」

「ああっ？」

「間違えました。聞かないんですよね、何も」

リリコが口を動かしていたとき、部屋の扉が外から大きく叩かれた。

「かりんちゃん、行きましょうか」と言って、リリコはかりんを立たせる。

「おい、どういうことだ？」

「竹山さん、ごちそうさまでした。私、帰りますね」

小さな手と鞄を両手に、リリコは扉に向かう。

「……かりん!!」

「ママあっ!!」

開いたと同時に、梨花は泣き出したかりんを抱いた。目の前の光景に、竹山は目を大きく開ける。

「では、失礼します。お疲れ様でした」

リリコはふたりの横を通り、扉を閉めた。

## 3

「メンヘラちゃんから携帯に電話あって、びっくりしたわ」

泣き疲れて、ベッドですーすーと寝息を立てるかりん。

「春日野道のかりんの家から電話あって、早退して捜してたんよ」

梨花は、柔らかそうな髪の毛を撫でている。

「竹山が見つけてくれて、良かった。めっちゃ可愛いやろ、あたしの娘」

目を細める梨花に、竹山は「ああ」とだけ言った。

「会うのは、半年振りやわ。大きくなったなあ」

竹山は、ふたりを交互に見る。梨花の言うとおりで、かりんは母親似だった。

「ひとりで、ひと駅先まで来れるなんて。あの人、ちゃんと育ててくれてるんや」

あの人が、三年前に梨花が別れた旦那というのは、竹山にも分かった。五年前、竹山が兵庫県警に赴任したとき、梨花は新婚で一歳児の母だと自己紹介したのを思い出す。

「今、冷たい母親やって、思ってる？」

「いや」

すぐに返された答えに、梨花は振り返る。

「あんた、ほんま」そう言って、梨花は笑顔を作る。

いつもと違う顔に、竹山は次の言葉が見つからない。

「あたしは、思ってるわ。なあ、竹山はさ、なんで刑事になろうと思ったん？」

少し経って、竹山が答える。

「……笑うなよ。……ドラマ見て、格好いいなって思っ……」

梨花が、竹山の言葉が終わる前に吹きだす。

「笑うなって、言っただろうが!!」

「ごめん、ごめん。竹山らしいな」

「……梨花は、なんで、刑事になったんだよ？」

肩を揺らしながら、梨花が答える。

「あたしさ、これでも、お嬢さんやったんよ。白いワンピースの女子高通ってたんやけど、可愛かったからさ、通学の電車でめっちゃ痴漢あってて」

竹山は、神戸で有名な、私立女子高の清楚なくるぶし丈の制服を思い浮かべる。同時に、ムカつき始めた。

「今からは想像できんやろうけど、怖くて、声上げれんかった。で、スカートにぶっかけられて、やっと、この人痴漢ですって電車ん中で叫んだんよ」

怒りに竹山が口を開くと、梨花が吹きだす。

「……そんな顔せんでええって、大昔の話やで」

竹山は口を閉じ、笑顔の梨花は続けた。

「そんで交番行ってさ、犯人が、お金払って合意の上や言い出して、そんときに、女の刑事さんが、犯人をぶん殴ってくれたんよね」

梨花は、真面目な顔で言った。

「そのあと、もっと、自分を大事にせなあかんって言ってくれた」

「…それ、お前のこと……」

「話しするうち、援交してないって分かったら、『嫌なこと我慢するな』ってすっごい怒られた。そんなん言われたの、初めてやったわ。なあ、ベランダ出よか」

夜の冷たい風が吹くベランダで、ふたりはタバコに火を点ける。

「そんで、我慢せんくなって、親の敷いたレールから外れて、警察に入って、県警の刑事になれたんやけど、お父さんが、もう長くないから、お見合いで結婚して」

煙を吐きながら、梨花は早口で言った。竹山が灰皿代わりの空き缶を伸ばすと、灰を落とす。

「かりんが生まれてすぐにお父さんが死んで、復帰して半年でミスして大けが負って一線から外され、それでも警察辞めんかったら別れよ言われて今は総務のオバサン。……あの人が、半年前に、再婚するって言ったから、かりんとも会っとらんかった」

梨花は、いったん口を閉じて開く。

「ほんま、あたし、しょうもないわ。かりんも、こんな母親に、会いに来ることないのにな」

「……自分で、そういうこと言うなよ」

竹山が、梨花をまっすぐに見て言う。

「梨花は、しょうもなくない。だから、かりんちゃんは、会いに来たんだろ」

「あんたさ……そういうの、やめえや」

梨花は、顔を竹山の胸に埋めた。タバコが、下に二本落ちる。

「……梨花、火、危な……」

顔を下に向けた竹山の口が、柔らかく塞がれる。

「好き」

唇を離し、梨花がはっきりと言う。竹山は、かちんと固まった。

「……やから、十年前の、須磨の事件追うの、メンヘラちゃんと関わるのやめや」

竹山の驚いた顔に、梨花は笑顔を作る。

「帰るわ。今日は、ありがとうね」

梨花は中に入り、寝ているかりんをおぶって部屋をさっさと出ていった。立ち尽くす竹山と、小さな火を残して。

紙が燃える匂いを感じながら、竹山は考える。

周りの人間が、事件とリリコに関わるのを止めろと言う。そして、何かを隠している。

……一番の当事者である自分に。

そう、やっと気づいたとき。インターフォンが鳴り、先ほどより、さらに重く感じる右足を動かし中に入った。

「……何か、忘れ物か？」

少し迷ったが、そう言って竹山が扉を開いた頃。

ＪＲ元町駅近くの焼肉屋で、しゃがれた大きな声が響いていた。

## 4

「おいっ!! 竹山のヤツ、まだ電話でえへんのか⁉」

「はい〜、だから、もうそろそろ、お開きにしましょうよ〜」

「ああっ⁉ まだ、始まったばかりやろが!!」

もうもうと煙が上がる、炭火焼肉屋。ビールケースに座布団を敷いた椅子に、床はむきだしのコンクリート。鳥居と望月の向かい、もうすでに、真っ赤な顔をした桜田がいる。

「僕〜、お手洗いに〜」

「おい‼　……逃げたら、承知しねえからな？」

笑顔の桜田にひきつった顔を返し、鳥居は鞄を置いてトイレに向かう。

「……あ〜もう〜、絶対、今度の非番の日、竹山さんに奢ってもらおう〜」

ひとり言を吐き、鳥居は便器の前でズボンを下ろす。

起きないふたりを残して電車を降り、鳥居と望月が改札を出たときだ。「遅かったやないか」と、桜田が待っていた。ＪＲで先回りしていた桜田は、ふたりに案内させ、今に至っている。

「あのふたり〜、今、何してんだろな〜」

用を足しながら、鳥居は羨ましそうな声を出す。ひょっとしてと思い、いやそれはないかと考えたときだ。

後頭部に、強い衝撃を感じた。どさりと、鳥居は冷たい床に倒れる。

鳥居の上にある、黒い頭巾をすっぽり被った顔。

「……もう、終わり……？」

鳥居の言葉に、バットが振り下ろされた。

「……鳥居のやつ、えらい遅いな。おい、ハゲ、見てこいや」

望月は静かに席を立ち、トイレに向かう。扉を開けると同時に、その場で固まった。

黒い人影の下。ぼろぼろになった鳥居が伸びていたからだ。

「……うっ、おおおおおおっ!!」

獣の声を上げ、望月は突進していく。バットを持つ黒い人影は動かず、待っていた。両腕を伸ばし、自分より低い人影の胸倉と頭を摑む。望月の動きが止まった。

サングラス越しに、床に垂れる水滴を見る。

丸を作り、広がり出す。生臭く、いまだに慣れない匂いが鼻を突き、右太ももに強い熱さを感じた。望月は、顔を下に向ける前に、床に両膝をつく。

立ち上がろうとするが、無理だった。

包丁が、深く刺さっている右太ももも。そこから、赤が吹きだしているのを見て、望月の全身が床に崩れた。片手に黒を握りしめたまま、意識を手放す。

望月の姿を見届け、人影は赤く染まった包丁とバットを床に投げる。白い手袋をつけた手を震わせ、ポケットからマスクとサングラスを取り出す。

トイレを出て、赤い顔をした桜田をちらりと見て店をあとにした。足早に、灯りが少ない道を歩き、人影は立ち止まる。やり残したことはないかと、携帯を取り出す。受信トレイいっぱいの、『カオル』からのメール。

最新のメールを、人影は開いた。


「梨花さんと、かりんちゃんは帰りましたか？」

扉を開けると同時に、無機質な声。予想と違う顔に、竹山は驚いた。

「……ああっ。……てっ、おい、なんだそれ」

「お邪魔します」

鞄を肩にかけ、両手がふさがっているリリコは、靴を器用に足だけで脱ぎ部屋に上がる。

「竹山さん、臭いです」

「えっ、あっ!!」

竹山は台所でコップに水を入れ、ベランダに出た。じゅうっと音を立て、ふたつ重なる火が消える。

「警察官のくせに何やってるんですか」

「って、お前、何してんだ!!」

「見て、わかりませんか。お休みなさい」

ベッドに寝ているリリコ。持ってきた枕を頭に敷き、掛布団を体にかけている。

「お前、自分の家で寝ろよ!!」

「寝れない事情ができたんです。では、ものすごく眠いので、おやすみなさい」

「ちょっと待て!!」

竹山は叫び、掛布団をぶわりとめくる。

「じゃあ、私が、この寒空の下野宿をしたとします。そして肺炎になり、この世を去ることになったとき、竹山さんは責任を取れるんですか」

「とりあえず、座れっ!!」

リリコは、ベッドの上で正座する。竹山はクローゼットを探り、リリコの目の前に、どさどさと重ねていく。

「あの」

「ちゃんと、洗濯してあるヤツだ!!　風呂場はそこだから、新しい歯ブラシは洗面台の下にあるから、それ使え」

少ししてから、リリコがぼそりと言った。

「……なるほど。こうして、いつも準備万端で、女性を部屋に連れ込むんですね」

竹山は、無言でリリコに背中を向けた。

「否定しないんですか」

「……前科があるから、言い訳できねえだろ」

「なるほど」

「じゃあ、俺出るから。戸締まりだけは、ちゃんと」

「どこに行くんですか」

「……襲われるの、嫌だろ」

リリコの顔を見ずに、竹山が言った。進もうとした足が止まる。

「いいですよ」

振り返ると、リリコが服の裾をひっぱっていた。見上げる視線に、竹山はごくりと喉を鳴らす。

「だから、いて下さい」

からかっているのか、抑揚のない声からはわからない。竹山は、リリコの手を服から離す。ベッドに座り、顔を覗き込んで言った。

「悪いが、俺は、職場の女に手を出すほど困ってない」

少し経ってから、リリコが口を動かした。

「そうですか」

「だから、いるけど、安心しろ」

竹山の言葉に、リリコはベッドから降りる。

「お風呂、お借りしますね」

狭い背中が風呂場に入ってから、竹山は大きく息を吐く。

「……何なんだよ。どいつもこいつも……」

ベッドの上で壁にもたれ、タバコを吸いたくなったが我慢した。目を閉じ、深呼吸を繰り返す。柔らかい唇に、濡れた瞳。好きという言葉を思い出し、竹山は叫びそうになる。

「……なんだよ、……あれ」

五年前、県警に再び配属された竹山に、梨花は気軽に話しかけてきた。須磨の事件に、いっさい触れずに。

歳も変わらず、さっぱりとした性格から、竹山は梨花を気の合う同僚だと思っていた。美人だとは思っていたが、女を意識した事はない。つい、先ほどまでは。

ぐしゃぐしゃと頭をかき混ぜ、竹山は声を上げる。

「竹山さん、大丈夫ですか。お薬が切れましたか」

「そんなもん、飲んでな……」

「どうかしましたか」

竹山は、脱いだ上着をリリコに着せる。

「竹山さん、せっかくお風呂に入ったのに、何するんですか」

無言で立ち、竹山はクローゼットを探る。

「俺も、風呂入る。それ、洗ってあるから着とけ」

リリコに新しいジャージの上着を放り、風呂場へと逃げる。

……なんで、俺、白いシャツ渡した。なんで、あいつブラジャーつけないんだ、と思いながら、ぶんぶんと頭を振り、服を脱いだ。

いつもより長くシャワーを浴び、竹山は部屋に戻る。

「……おい、髪の毛、乾かさずに寝たら風邪引くぞ」

電気をつけたまま、リリコはすでに布団に潜っていた。反応はなく、竹山はタオルを首からかけたままベランダへ出る。室外機の上に、置きっぱなしのタバコを取りくわえる。

「寒くないんですか」

火をつけたと同時に声が聞こえ、竹山は肩をびくりと震わせた。

「……風呂上がりだからな」

ゆっくり振り向くと、リリコが上着を着ていて安心した。

「なんか、子どもが大人の服着てるみたいだな」

「えろいですか」

竹山は、ごほごほと咳き込んだ。

「……お前、さっきから、何なんだよ。発情期か」

リリコは、竹山の隣に立って答える。

「人間は、年中発情しているんでしょう。竹山さんみたいに」

「あーそうだな」

顔を背け、竹山は煙を吸う。

「お前さ、梨花と仲いいのか？」

話題を変えようと、煙とともに言葉を吐いた。

「竹山さんは、豊満な胸が好きだと、梨花さんに言われました」

竹山が口を動かす前に、平坦な声が続く。

「かりんちゃんのことは、別件を調べてるときに知ったんです。無理もありませんが、相当嫌われてますし、私も嫌いです」

返ってきた答えに、煙を吸うしかなかった。

「この高さでも、街が見渡せるんですね」

リリコがぽつりと言った。竹山の部屋は五階にあり、神戸サウナや雑居ビルが上から眺められる。

「お前の家からは、神戸港まで見えるだろ」

「そうですね。でも、この景色のほうがいいです」

いつもの嫌みを言うかと思っていた。

「私、海嫌いなんです」

「……泳げないのか？」

「泳げますよ」

ぽつりと返し、リリコは黙った。

いつもと違う横顔に、竹山は何も返せず、煙を吸って吐く。眼下では、いつも走り回っている街が元気に光っている。

「お前さ、メガネしなくても、目いいんだろ」

リリコが、耳元を探る動作をする。

「ばーか。こんだけいっしょにいりゃ、度、入ってねえのわかるわ」

半分本当だが、風呂場に置き忘れていたのを手にし、確信した。

「あれか、お洒落とかか」

リリコは、竹山を見ずに答える。

「そんなところです」

「そうか、ないほうがいいけどな」

言ったあとで、竹山は後悔した。タバコを消し、リリコに背中を向ける。

「竹山さんは、そういうところ、直したほうがいいと思います」

振り返ると、まだ濡れた黒髪が横切る。部屋の中に入ったリリコは、ベッドにもぐり込んだ。

何なんだと思いながら、竹山は部屋に入り窓を閉める。


歯磨きをして洗面所を出ると、電気が消えていた。床にごろりと横になり、竹山は落とされている自分の枕に頭を乗せる。

「竹山さん、寝ましたか」

「俺は、のび太か」

少しの間のあと、声が返ってくる。

「……すみませんでした」

竹山は、少し考えてから口を動かす。

「お前、俺に、何かしたか？」

「……わかりません」

「なんだそれ、じゃあ、俺もわからんよ」

「そうですね」

「そうだ」

それから、声は聞こえなくなった。しばらくして聞こえてきた寝息に、竹山は目を閉じる。


豪快ないびきが部屋に響き出し、リリコはむくりと起き上がる。

ベッドから降り、床にきちんと畳んであるスーツに着替え始めた。背中越しに、竹山は「ううんっ」と寝返りを打つ。振り返ると、寝息が聞こえてきた。手にあるジャケットを床に置き、リリコは静かに大きな背中に寄りそう。

今の状況、鞄の中にある、数年振りの未開封のラブレター。……こんなことをしてる場合ではない。

そう、分かっているけれど、会っておきたかった。

リリコの耳に、とくとくという音が聞こえ、目を閉じる。

「……温かい」

# 第∞話 ╳ 過去からのシシャ

1

竹山は、その日、外から扉を叩く音で目覚めた。

「おいっ!! 開けろや!!」

どんどんと大きな音に負けない、桜田のしゃがれた声。床から飛び起き、玄関に向かう。

扉を開けた瞬間、竹山は後ろに吹っ飛ぶ。

「なんで!! お前は、電話に出んのんじゃ!!」

頰の痛みを感じながら顔を上げると、桜田が上に乗っていた。

「……すいません。何か」

真っ赤な顔をした桜田は、竹山の胸ぐらをつかみ、叫ぶ。

「てめえの仲間が、ふたりも、病院送りになってんや!!」

冗談ではないと、今の状況でわかる。手早く身支度を整え、竹山は桜田と県警に向かう。

小走りで進みながら、桜田に昨夜から現在の状況を話した。

「じゃあ、お前が、ぐーすか寝てるうちにいなくなってたんやな」

「……はい。すいません」

「謝るな!!」

いつもの半分の時間で、ふたりは県警に着く。

「お前が謝っても、糞の役にも立たんわ!!」

寒空の下、湯気が出ていそうな桜田は、叫びながら玄関に入る。竹山は顔を下に向け、続いた。いつもより、さわさわと落ち着かない様子の県警の人間たち。横目で見ながら、竹山は聞く。

「……鳥居と、望月さんは、大丈夫なんですか？」

「他人の心配より、自分の心配した方がいいんやないか？」

返ってきた答えに、奥から聞こえる声が重なる。


「遅いご登場だな」

ライブハウスの件から、一係を敵視している、捜査第一課殺人捜査二係の係長が、竹山を睨みながら言う。

「ただでさえ、忙しい時期に。一係は、県警に何か恨みでもあるのかい」

桜田を追い越し、二係の係長が竹山の前に立つ。

「……すいません」

「謝罪は、上にするといい。竹山君、君は、いつも幸運だね」

顔を上げた竹山に、二係の係長が口角を上げて言う。

「十年前も、今回も。君は、いつも生き残れる」

かあっと、竹山の体が一瞬で熱くなる。

「それぐらいで、いいんちゃいます？」

桜田の声に、竹山の拳から力が抜けた。

「今回の件は、ふたりといっしょにいた私の落ち度でもあります。竹山は、これからゆっくり取り調べしますんで」

二係の係長の肩を持ち、桜田はにやっと笑う。

「報告、期待してますよ。では、一係のおかげで忙しいので、失礼する」

肩にある手を払い、二係の係長はその場を去る。

「……ありがとうございました」

竹山の声に、桜田は背中を向けた。

「さっき、殴ったん悪かったな。……ありゃ、八つ当たりや」

そう小さく言ってから進む背中に竹山はついていく。エレベーターに入ってから、桜田がぼそりと言った。

「……鳥居は、全身を殴打されて全治一ヶ月。望月は、右太ももを刺されて……古傷えぐられたから、もしかしたら、障害が残るかもしれん」

竹山は何も言えず、桜田は口を閉じた。


二人が一係の部屋に入ると、白い顔をした風間が席を立った。

「……おはようございます」

「おう、風間、取調室使わせてもらうわ」

「……あの、お客様が……」

「おはようございます。竹山さん」

風間の隣の席から、声が上がる。竹山は、少ししてから口を動かした。

「……どうして、ここに？」

「失踪届を出しに、それと、竹山さんとお話しがしたくてね」

花房医師は、顎を触りながら言った。

「……あの、花房先生ですか？」

竹山の前に、桜田が小さく言う。竹山は目を開き、ふたりの顔を交互に見る。

「……桜田さん、ご健在でなによりです。あのときは、大変お世話になりました」

花房医師は桜田の前に立ち、深々と頭を下げる。

「頭を上げて下さい。私は、何もできませんでした」

「いいえ、佳奈《かな》は、喜んでいると思います」

ふたりの会話に入れず、竹山は黙っていた。

「桜田さん、少しだけ、竹山さんとお話しさせて頂けませんか」

顔を上げて、花房医師は桜田に言う。

「たぶん、一刻を争うんです」

「……それは、梅林寺のことですか」

竹山の言葉に、花房医師の顔から笑顔が消える。

「……はい、リリコちゃんを早く見つけないと、また、犠牲者が出ると思います」

「一時間だぞ」と残し、桜田は一係から出ていった。取調室の中、竹山と花房医師は、机を挟み席に着く。

「こういう部屋って、初めてだよ。ドラマで見てるのと、あんまり変わらないねえ」

そう言って、花房医師は顔をゆるめた。今日は、コートの下に白衣を羽織っていない。

「何か、飲み物でも」

そう竹山が言うと、とんとんと机にコーヒーの缶が現れる。

「ポケットに入れっぱなしだったんで、あったかいと思います」

にこりと笑い、花房医師は竹山に勧める。「すいません」と言い、竹山はぬるい缶を握りプルを開けた。一口飲むと、頭が少しだけはっきりする。

「あい……、梅林寺って、コーヒー飲めないですよね」

「練習してたんですよ。職場の先輩に言われたからって」

「……梅林寺と、お知り合いだったんですね」

花房医師は、缶をあおってから口を開く。

「はい。十年来の」

「花房先生、……佳奈さんて」

「海原《うなばら》佳奈は、私の娘です」

竹山の声に、花房医師の声が重なる。部屋が、静かになった。

「とりあえず、今は、リリコちゃんを見つけることが先です」

花房医師の言葉が、張りつめた空気を破る。

「私が、昨晩の事件、刑事さんふたりが襲われたのを知ったのは、早朝のニュースでした。その直後、リリコちゃんが、うちの診療所に現れました」

ゆったりとした声に、竹山は耳を澄ます。

「刑事さんの事件を話すと、リリコちゃんが、凶器は、私の家のものですと答えました。私は驚いたのですが、リリコちゃんは、いつも以上に落ち着いてましたね」

ふふと笑い、花房医師は目尻を下げる。

「あの子は、動揺すればするほど、落ち着いて見えるんです。普通の人間とは逆ですよね」

「……わかる気がします」

「そうですか。なら、どうして、昨晩は、異変に気づいてあげなかったんですか」

花房医師の言葉に、竹山は目を開く。

「あの子が、神戸に戻り、一番いっしょにいたのは職場のみなさんです。そして、上司である竹山さんは、とても近くに」

「……すいません」

「私に、謝らないで下さい」

竹山は、何も返せない。

「話が、脱線しましたね。私は、リリコちゃんに、どうして、そんなことになってるか聞きました。答えは、今は言いません」

ふうっと息を吐き、花房医師は続けた。

「竹山さん、すみません。今の私は、感情的になっています」

そう言って、竹山に頭を下げる。

「頭を上げて下さい。全部、自分が、いたらないせいです」

鳥居と望月が襲われ、リリコが消えた。全て、自分のせいだと竹山は感じている。

詳しい事情は分かっていないが、なぜか、そう思った。

「竹山さんは、思い……ご存じですか？　リリコちゃんが、佳奈と同じ、……水族園の事件の被害者なのを」

竹山は、少し経ってから頷く。

「……そうですか。そのことを、リリコちゃんには」

「……言ってませんし、聞いてません」

「リリコちゃんから、竹山さんには」

「ないですね。あい……梅林寺は、俺が、あそこにいたことを知ってるんですか？」

花房医師は、口を閉じた。

「……ちょっと、待って下さい。あの事件、梅林寺の名前はどこにも」

「……消してもらったんです。リリコちゃんの叔父さん、兵庫県警の本部長さんに」

松波より先に、花房医師が竹山に教えた。事件のファイルを、竹山は十年間何度も何度も読んだ。残された約束を忘れないために。

「竹山さん、リリコちゃんを、どう思ってますか」

どうして、みんな聞いてくるんだ。そう思いながら、竹山は考えた。最初の印象は、傍にいれば薄れていった。最近は、四年前の松波よりも親密に接している。

事件に関係しているのもあるが、一番の理由は、

「……ほっとけません」

竹山の答えに、花房医師は顎を触った。

「……そうですか」

「はい。だから、見つけます。必ず」

言葉を重ね、気持ちを固めた。そんな竹山の心情を見透かすように、花房医師は目を細める。

「じゃあ、行きましょうか」

「……どこにですか」

「尼崎中央病院」

竹山の顔が、かちんと固まった。

「知ってらしたんですね」

花房医師の言葉に、何も返せない。声から、責められているのが分かった。

「居場所は、犯人のところ以外思いあたりません。行きましょう、竹山さん」

## 2

「すいませんねえ。私まで」

「いいえ、いいんですよ。おらっ、竹山、安全運転で行けや」

竹山は、はいはいと返し、助手席に桜田、後部座席に花房医師を乗せた車を出す。

「おい、どんくらいで着くんや？」

「混んでなければ、三十分くらいですが。時間が時間ですからね」

午前八時過ぎの三宮の街は、忙しない車が多くなっている。

「ああ？　ランプ付けて飛ばせばいいやろうが」

説明をどうしたらいいか、竹山が考えていたときだ。

「……桜田さん、あまり目立たない方がいいかと」

花房医師の言葉に、桜田が「そうですよね」と返す。

「あっ、先生、朝ごはんまだですよね」

「ああ、そうですね」

「竹山、その辺のコンビニに止めろや。何か、買ってこい」

急ぐんじゃねえのかと思いながら、竹山は言われたとおりにする。適当に、パンやおにぎり、肉まんを買って車に戻ると、桜田が運転席にいた。

「おめえの荒い運転で、事故ったらあかんからな」

助手席のシートにある、厚い書類。背中にし、竹山は座る。「これどうぞ」と温かい袋を渡すと、花房医師は嬉しそうに言った。

「覚えててくれたんだ。ありがとう」

「昨日はすいません」と返すと、竹山の隣から大きく声が上がる。

「おいっ‼　おにぎりは、昆布やろうが‼」

「なかったんですよ。我慢して下さい」

花房医師が、にこにこと肉まんを食べている間、前のふたりは口喧嘩をしていた。


口論が収まったところで、車は動きだす。高速に上がり比較的空いている道を走っていると、後ろから、ごうごうとイビキが聞こえてくる。自分より荒い運転の車内で、竹山は資料を読んでいく。

「……桜田さん。昨夜は、ずっと病院だったんですか？」

「しょうがねえやろ、お前もやけど、どっちも家族に連絡つかんかったんや」

少し開けた窓の外に煙を吐き、桜田が言った。

「……すいません。望月さんは、ご実家、神奈川でしたよね」

「ああ、今は、両親が来てるはずや」

竹山もタバコをくわえ、火をつける。

「鳥居は？　あいつ、地元でしょ」

「お前、知らんかったんか」

桜田が、灰皿にセブンスターをねじ込み言った。

「鳥居の肉親、認知症のばあちゃんだけで、老人ホームなんや」

「……そうですか」

「お前、踏み込まんのは、優しさやないで」

竹山の自己嫌悪に、桜田の言葉が後押しする。手の中のふたり分の資料が、重さをもった。

「そんな顔すんなや。俺が、いじめてるみたいやろ」

新しいタバコをくわえ、桜田が言った。

「……はい。すいま……」

「ああもうっ、それやめえや‼」

桜田の声に、後ろのイビキが「ごっ」と反応する。

「もう、謝んな。後悔より、今からやで」

いつもより小さい桜田の声に、竹山は頷く。タバコを消し、資料を読み進める。


昨晩、梨花が竹山の家に来た頃。鳥居、望月、桜田は、元町の焼肉店にいた。

まず、鳥居がトイレに行き、そこで、バットにより何度も殴打される。それから、様子を見に来た望月が、右足を包丁で刺された。ふたりに暴行を加えた犯人は、凶器を捨て、その場を去っている。

ふたつの凶器からは、ひとつの証拠。リリコの指紋が、残っていた。リリコが訪れた時刻と、犯人が逃走後、竹山の家に到着できる時刻はほぼ同じだ。

「おい、着いたぞ」

桜田の声に、竹山は頭を振った。花房医師を起こし、三人は尼崎中央病院に入る。外来にもう人がいる院内で、受付の人間に桜田が事情を話し、ひとりの医師が現れる。

「桜田さん、やっぱり、何かありましたか？」

医師の言葉に、桜田は顔をしかめる。

「だから言ったんですよ。転院は無理だって」

「んだ、そりゃあ⁉　あいつ、どこにやったんや‼」

医師の胸ぐらを摑み、桜田が叫んだ。周りの目が集まり、竹山は桜田を引きはがす。

「先生、どういうことでしょうか」

竹山は胸元を直す医師に聞いた。

「だから、昨日の昼ごろ、そちらの桜田さんが、例の患者さんを別の病院に移すって迎えに来たんですよ」

「ああっ⁉　俺は、そんなことしてねえぞ⁉」

飛びかかろうとする桜田の前に立ち、竹山が言った。

「桜田は、ああ言ってますが」

「こっちだって、昨日は大変だったんですよ。なのに、桜田さんが緊急だから急げって、看護師長が話を受けたと」

「俺は、そんなこと言ってねえぞ!!」

「先生、ここにいる桜田が、昨日、ここに来たってことですか?」

「だと思いますよ。僕は、昨日は出張で東京にいましたから」

桜田の動きと口が止まり、その場に小さな声が響く。

「……竹山さん、すぐに帰りましょう」

花房医師が、白く硬い顔で言った。竹山は頷き、桜田に「あとはお願いします」と頭を下げる。病院を出て、竹山は後部座席に花房医師を乗せた車を発進させる。


「竹山さん、守秘義務があると思うんで、答えられる範囲で教えてくれませんか」

後ろから、花房医師が言った。竹山は、はやる気持ちを抑えながら運転する。

「犯人について、どこまで知ってますか?」

「……たぶん、俺は、あなたが知ってることを知りません」

返ってきた答えに、花房医師が口を開いたのは、高速に乗ってからだった。

「……実行犯は、四人。現場で巻き込まれた刑事をいれた、被害者二十二名の中、死亡は、

「……五人。実行犯の四人は、警察の到着すぐ、持っていた拳銃で頭を打ちました」

花房医師が語る、事件の公式情報。ひとり多い死亡者の数だけ間違っていた。

「実行犯のひとりは、頭蓋骨に玉が留まって一命を取り留め、一週間前、長い眠りから目覚めました。竹山さんは、ご存じでしたよね」

竹山は、小さく「はい」と答える。

「どうして、会いに行かなかったんですか」

『藤井とした約束を守りたいなら、会いに行ったらあかんで』という言葉のせいですとは、言えなかった。

一週間前、ライブハウスの事件後、そう桜田に言われた。非番の日に誘ってきたのは、自分を見張るためだろうと分かっていた。三宮で待ち伏せし、ふたりと合流したのもそのためだろう。

しかし、そんなもの、振り切ろうとすればできた。

「あなたを襲い、あなたの、上司を殺した人間に」

竹山は、何も答えることができなかった。車内は、沈黙のまま県警に着いた。

「ありがとうございました。竹山さんは、お仕事頑張って下さいね」

花房医師はそう言い、シートベルトを外す。

「……花房先生、俺は」

竹山の声は、タバコを吸ってなかったのに掠れていた。

「言い訳なら、聞きたくありません。失礼しますね」

「……今から、どうされるんですか」

花房医師が扉を開き、横に幅がある体を動かす。

「お答えする必要がありますか」

そう残し、扉をばたんと音をさせて閉める。竹山は、ふうっと大きく息を吐き、車から出た。

「……待って下さい」

花房医師に追いつき、竹山は頭を下げた。

「お願いです。いっしょに行かせて下さい」

少しの間《ま》ののち、竹山の肩にぽんと肉厚の手が置かれる。

「意地悪して、ごめんね」

顔を上げると、花房医師の目は垂れていた。

「八つ当たりだ。こんなんで、先生とか笑っちゃうね」

「いえ、……実行犯を逃がしたのは、こちらの責任ですから」


竹山の顔を見つめ、花房医師は背中を向ける。竹山は、それに続いた。県警から十分ほど歩き、花房医師はリリコが住むマンションの前で足を止める。

「警察の人がいるね」

マンションの玄関には、二係の人間がいる。

「少し、待っていて下さい」

竹山は花房医師を残し、玄関に向かう。二係の人間と言葉を短く交わし、戻ってきた。

「花房先生、行きましょうか」

竹山と花房医師が玄関に着くと、二係の人間にじろりと見られた。

「大丈夫なのかい?」

「はい。花房先生に、梅林寺が自宅に来るよう連絡が入ったと言いました」

ぼそりと竹山が答える。

「そんな嘘」

「だから、手早く済ませましょう」

花房医師は、顎を撫でてからコートのポケットを探る。玄関のオートロックを解除し、ふたりはエレベーターに乗り込んだ。

「ここの鍵、持ってるんですね」

「何？　嫉妬？」

花房医師の言葉に、竹山は目を開く。

「何、その反応」

「いえ、花房先生も、そんなこと言うんですね」

花房医師が首を傾げ、エレベーターが階に着く。リリコの部屋の扉を開け、ふたりは中に入る。遮光カーテンが閉め切られた、薄暗いリビング。電気をつけ、竹山は驚いた。以前、訪れたときとは、違う風景が広がっていたからだ。

家具は全てひっくり返り、ソファやクッションは中身が散らばっている。電化製品はコードが抜かれ、ぐしゃりとどこかが歪んでいた。

「こりゃ、空き巣が入ったみたいだね」

そんなレベルの散らかりようではなかった。竹山はそう思ったが、言葉にできない。

「警察の捜査は、こんなふうにするの？」

「いえ、それはまだ……」

リリコの肩書と叔父の力で、容疑による家宅捜査は行われていないと資料にはあった。たぶん、この状況は、昨晩自分の家に来る前に起こったんだろうと思った。

『お前、踏み込まんのは、優しさやないで』

しゃがれた声が、竹山の耳に聞こえた。本当だなと、竹山が思ったときだ。

「ああ、あった、あった」

花房医師の声が聞こえ、目を向けると彼は床にはっていた。

「竹山さん、これ、なんだかわかります？」

花房医師は竹山の前に立ち、二冊の大学ノートを差し出す。

表紙には大きく【１１６】【１１７】とペンで書かれている。

「これね、僕と、リリコちゃんの交換日記なんです」

そう言って、花房医師は目を細めた。

「始まってから、今まで、十年経ちました」

「十年……」

「そう、事件が起きて、三ヶ月後に、リリコちゃんと出会ってから」

「……あの、花房先生は、どこで、梅林寺と出会われたんですか」

花房医師は重ねたノートを片手で撫でる。とても、優しく。

「……事件後、……佳奈のあとを追うことも考えました。……でも、私は、精神科の知識があり、被害者の方の役に立てるのでは、と思い留まりました」

口調と表情は穏やかだが、竹山は声をかけられない。

「病院を辞め、被害者の方や、そのご家族や親しい方たちのもとを訪問していたとき、リリコちゃんと出会いました。……たくさんの被害者たちの中で、もっとも重い状態でした。隔離病棟に入院し、少しでも目を離せば……」

途中で言葉を止め、花房医師は続けた。

「全身が恐怖に犯され、満ちていました。だから、それを少しでも吐きだせるよう、思っていることを書いてねとノートを渡したんです。ノートの文字が少しずつ増えていき、事件から半年後、退院したリリコちゃんは神戸を離れました。お母さんの都合で、大学に入るまで神戸以外を転々としていましたが、ひと月に一度、ノートを郵送で交換し続けました」

白いセーラー服を着た、幼いリリコの姿。とても鮮明に、竹山の目に浮かんだ。

「気分がすぐれない日は、青。それ以外は、別の、思いついた色。お互い、日々の思っていることを綴った日記の交換は、結果、私の支えにもなっていたんです」

そう言って、花房医師はノートを見つめる。

「十年、見守ってきました。たぶん、佳奈の代わりに」

竹山は何も言えず、小さな声を聞いた。

「神戸に残り、夜間診療所を開いたのは、リリコちゃんのためだったのかもしれません。……帰ってきたときに、少しでも役に立ちたかったから」

どういう意味か、竹山が聞く前だった。

「妻と娘を失くし、私は、これ以上失いたくない。だから、竹山さん、お願いします」

少ししてから聞こえた言葉に、竹山は目を大きく開いた。

## 3

リリコの家をあとにし、竹山が県警に戻ると、後ろから大きく名前を呼ばれた。

「お前は、この状況で、どこに行ってたんだ!!」

焦った顔をした、二係の係長。嫌な予感しかしない。「ついて来い」と言われ、胸元にノートを入れて続いた。

連れて行かれた先は、会議室だった。警察官が集まる中、電気が消され、壇上で映像が流されている。竹山は、体が冷えていくのを感じた。スクリーンには、見覚えのある景色。

十二月の薄い青空の下、平日の、イルカショーのプール。

『みんな、殺人ショーの開幕だよお』

そう、機械の音声が、高らかに部屋に響いた。映像が、プールから観客席へ移る。

まばらな席には、二十人。カップルと家族連れが一組ずつ、遠足で訪れた幼稚園児たち。

ぽかんとした顔が映っていき、また、機械の声が響く。

『さあ、楽しい、楽しい、殺人ショーの始まりは』

オルゴールの音とともに、カップルが拡大される。

『そこのカップル。彼氏と、彼女、どちらが死にたい?』

目を大きく開く男女。男が立ち上がり、何かを叫んでいるが聞こえない。

『うるさいから、彼氏を殺します』

機械の声とともに、男が倒れる。女が口を大きく開く。

『うるさいから、彼女も殺します』

女が、男に重なるように倒れた。ふたりから落ちる赤が、床に染みを作る。

『さあ、次は、誰かな』

映像が、園児たちの顔を映していく。端に座るエプロンを付けた女性で、止まった。

『そこの女の子は、先生かな。じゃあ、選ばせてあげるね』

女性は、白い顔をひきつらせている。

『先生が死ぬか、子どもたちが死ぬか、どっちがいい？』

目と口だけ空いた、黒い頭巾を被った人影たち。手に猟銃を持った四人が、園児をぐるりと囲んだ。

『みっつ数えるうちに、答えないと。子どもを、全員殺すよ』

女性は、園児たちを見る。不安そうな、何も分かってないような、小さな顔が並ぶ。

『さーん』

女性は、笑顔を作る。

『にーい』

口が、小さく動く。

『いーち』

前を向き、口が、大きく動いた。

『じゃあ、先生は、プールまで来て下さい』

「……もう、やめろっ‼」

そう叫び、竹山は壇上まで進んだ。スクリーンを両腕でつかみ、力任せに引きちぎる。

そこにいる誰も、止めようとはしなかった。


「何なんだよ、これ‼」

「……先ほど、県警のポストに匿名で投函されていた」

二係の係長が、竹山に言う。

「十年前の事件が記録されたＤＶＤと、要求が書かれた手紙が」

竹山は肩を大きく揺らしながら、二係の係長に近づく。

「明日、一係の梅林寺君を、待ち合わせ場所に連れてこいと」

「……それで？」

「そうしないと、……事件を、もう一度起こすと」

全身の毛が、逆立つ感覚。竹山は、目の前の胸ぐらを強く摑んだ。

「……竹山さん、やめて下さい!!」

その声に、竹山は我に返る。電気が点いた会議室の中、周りの目が集まっていた。ひきつった顔が正面にあり、後ろから、風間が体に両手を回している。

「竹山君。犯人は、君に、梅林寺君を連れてこいと言っている」

二係の係長がそう言い、竹山は手を離す。

「風間さん、手、離して下さい」

風間は言われたとおりにし、竹山は、ゆっくりと会議室をあとにする。向かった先は、トイレの個室だった。

便器に頭を突っ込み、竹山は全てを吐き出す。何も出てこなくなり、ふらりと個室を出て洗面所に立つ。ひどい顔だと、鏡の中の自分に思う。

「……竹山さん、大丈夫ですか？」

聞こえた声に振り向く。

「……これ、どうぞ」

水のペットボトルを、風間は竹山に遠慮がちに伸ばす。

「……すいません」

それを受け取り、竹山は蛇口をひねる。口に入れる前に、嫌な味を消したかった。

ペットボトルを置き、両手で水を口に含むと、また、嗚咽が漏れそうになる。

「……風間さん。……あの映像、どこまで映ってるんですか」

我慢して、水だけを吐いた竹山は聞く。

「……花房佳奈さんが、死亡されたところまでです……」

安心した自分に、心底、吐き気がする。

「……あの、先ほど、鳥居君が目を覚ましたみたいです」

「そうですか。風間さん、鳥居のこと頼んでいいですか」

「……あのっ、竹山さんは……」

風間の質問に答えず、竹山はペットボトルを持ってトイレを出る。ふらふらと階段を上がっていると、名前を呼ばれた。

「……ちょっと、待ちいや」

振り返らず進むと、後ろからヒールの音がついてくる。屋上の扉を開け、竹山は中に入った。青い空の下、六甲おろしが強く吹く。包まれる温度より、体の中から寒さを感じる。

「……こっち、向きいや」

竹山の後ろから、かつかつという音が聞こえる。動かない竹山の顔を、梨花は正面から覗いた。

「なんで、無視……ちょっ」

梨花の顔が、怒りから、驚きに変わる。竹山の両腕の中に包まれたからだ。

「……なあ、どうしたん」

柔らかくて、温かくて、いい匂いがする。

生きている。

そう思いながら、竹山は言葉を返さなかった。

「こんなとこ誰かに見られたら、困るんやけど。あたし、県警のアイドルやから」

竹山は、ふっと、顔がゆるむのを感じた。

「……ごめん、もう少し」

「あかん、離れろ」

梨花の言葉に、竹山は顔を上げる。

「昨日、あたしが言ったこと、全部取り消すわ。竹山、もう、逃げんのやめえや」

まっすぐな目に、下を向きそうになったが堪えた。

「約束、守らなあかんのやろ」

そう言って、梨花は笑顔を作る。

「あんた、歓迎会のとき、べろべろになって言ってたで。県警に戻って来たんは……」

梨花の言葉が終わる前に、竹山は体を離し背中を向ける。

「……藤井さん、今のあんた見たら殴ると思うで」

何も返さず、竹山は屋上から去る。階段を降りながら、胃と自分にムカつきを感じていた。梨花の口から出た名前に、顔が薄《うっす》らと浮かぶ。

「……だろうな」

竹山は、拳を固く握り自分の頬を殴る。ぼんやりとしている頭が少しすっきりする。

「……あいつに、説教したくせにな」

そう呟いたあと、竹山はコートのポケットから携帯を出す。コール音なしに、着信相手は電話に出た。短い通話を切り、寄り道をしてから、手ぶらで会議室に戻る。


竹山に、着席している人間の目が向いた。

「竹山、席に着きなさい」

壇上から声をかけられ、ふらふらと机が並ぶ通路を歩く。風間の姿を見つけ、隣に座る。

「えーでは、続けます。現時点で分かっていることですが」

スクリーンの代わりに、壇上にはホワイトボードがあった。

「昨夜、午後十時頃、元町駅近くの飲食店で、一係の人間をふたり襲った犯人は逃走中、そして、犯行現場に残されていた凶器に指紋があった、一係の梅林寺は、行方不明」

一係の人間の写真が貼られ、竹山の名前もあるボード。それを背に、二係の刑事が口を動かしていく。同じ光景を何度も見てきたが、自分がいるのは初めてだった。

竹山は、今が、現実か夢の中かわからなくなる。

「一時間前、県警のポストに匿名で投函されたＤＶＤと文書から、昨夜の事件と、十年前の事件はなんらかの接点があると思われます。そして、犯人が、明朝の十時、須磨海浜水族園に、竹山に梅林寺を連れて来るよう指示したことも」

竹山は、風間に渡された資料を読みながら話を聞く。

「次に、実行犯の生き残りが、行方不明な件ですが。昨日の昼すぎ、桜田の名を語る何者かが、病院に電話をかけてきたそうです」

「本人ではない証拠は」

壇上に座る、二係の係長が聞いた。

「……その時間、桜田さんと、一係は、尼崎の公園で野球をしていました」

竹山が答える。ふんと鼻を鳴らし、二係の係長は「続けろ」と言った。

「桜田にはアリバイがあり、病院関係者に、桜田の顔を知る者はいませんでした。県警からの要請であり、口外しないようにと言われ、主治医は出帳中でしたが看護師長の指示のもと、迎えにきた車に乗せたようです」

「なぜ、病院は、そんなずさんな管理体制だったんだ」

「昨日の午前に起きた、近隣の科学薬品工場の火災により、病院は緊急患者で慌ただしかったそうです。あと、桜田を語った人物が、とても急がせたとも」

質問の答えに、二係の係長は大きな息を吐く。

「犯人の容体は」

「脳波、身体とも異常はなかったそうです。目を覚ましたのが一週間前ということで、意思の疎通はできていたようですが、言葉を喋ることはできず、ほとんど寝たきりで、筆談もままならない状態だったそうです。容体が急変する可能性もあるので、主治医は、見つけ次第病院に戻せと」

「はっ、人殺しに、手厚いことだな」

二係の係長の意見に、竹山は心の中で頷く。

「犯人を連れ去った人物の特定と、居場所の発見。梅林寺の所在。そして、今回の首謀者の特定を、これから捜査第一課各係総動員で行う。期限は一日、各自、気合入れて割り当てられた捜査に向かえ。では、解散!!」

二係の係長の声で、その場にいる人間は席を立つ。

「……竹山さん、鳥居君に話を聞きに行きましょう」

ひとりぼんやりと座っている竹山に、風間が言った。立ち上がり、ゴミついてますと頭皮が見える頭に触れる。

「ちょっと寄るとこあるんで、ここで待っていて下さい」

## 4

「フルーツバスケットは～？」

個室の病室に竹山と風間が入ると、いつもの、のんびりした声が聞こえた。

「んなもんあるか。……元気そうだな」

「はい～、二次元で格闘ゲームしてたおかげですかね～」

頭に包帯をぐるぐると巻き、点滴のチューブに繋がれている鳥居が、ふたりにふにゃりとした顔を作る。

「……鳥居、すまな……」

「竹山さん～、謝ったら～、竹山さんの秘密をネットで拡散しますよ～」

下げようとした頭を、竹山は止める。

「望月さん～、さっき、意識戻ったみたいですよ～」

「……そうか」

「さすが～、あの人、不死身ですね～」

「そうだな」

竹山は、なんとか顔を歪める。

「話の前に～、僕、めっちゃお腹空いてるんですよ～」

「……あ、じゃあ、僕が何か」

「何がいいんだよ」

鳥居がきょとんとした顔になる。

「竹山さん、パシってくれるんですか～」

竹山は、鳥居の頭を軽くこづいた。

「痛い、痛いです～、じゃあ、病院の前のたこ焼き屋で～ソースマヨお願いします～」

「行きましょうか、風間さん」

「……え、あ、はい」

振り返った竹山に、昨日から、ずっと白い顔をしている風間は小さく答えた。

四人分のたこ焼きを買い、竹山と風間は病院に戻る。エレベーターに乗ると、風間がぼそりと言った。

「……そんなに、鳥居君食べられますかね」

ソースの匂いが漂う中、竹山が言う。

「風間さん、朝ごはん食べてないでしょうから、ふたつどうぞ」

「……え」

「あなたは、そんな、太い神経持ちあわせていないでしょう」

竹山がそう言ったあと、狭い四角は静かになる。階数が上がる途中で、竹山の携帯が震える。

「ちょっと、すいません」

竹山がそう言い、通話ボタンを押したときだった。階に着き、ぐしゃりと温かいビニール袋が下に落ちた。扉が開くと同時に、風間が外に飛び出す。竹山は、携帯を耳に当てながら背中を追う。

廊下を進み、階段を上がっていく。段差が終わり、風間は扉の中へすいこまれる。

「……風間さん、どうして、逃げるんですか」

竹山は、通話を切ってから言った。薄曇りの下、白いシーツが干されている病院の屋上。

冷たい風が、熱い体に心地良かった。

「……風間さん、答えて下さい」

いつも曲がっている背中に、竹山は言葉を重ねる。

「どうして、ふたりを襲ったんですか」

返事はないが、続けた。

「どうして、実行犯を、連れ去ったんですか」

ばたばたと布がはためく音に、小さな声が重なる。

「……何を、言ってるのか、わかりません」

「じゃあ、質問を変えます。どうして、佳奈さんの旧姓を知っていたんですか」

ゆっくりと、風間が後ろを振り返る。表情が見えるより先に、突進してきた体を竹山は避けた。着ているコートの端が切れ、目を大きく開く。後ろから、こちらに向かってくる気配。振り向くと同時に、両手を伸ばす。

光る刃を持つ腕と、胸ぐらをつかみ、右足を後ろに下げる。両手で引き寄せると、簡単に浮いた体。床に叩きつけると、手から離れた果物ナイフが飛んでいった。

竹山は荒い息を整え、伸びている体に近づく。

「……すいません。加減出来ませんでした」

そう上から言うと、何も返ってこなかった。床の上、風間は仰向けで体を伸ばしている。顔は向いているが、自分ではなく、別のものを見ている様に見えた。

「……俺は、あの事件の資料を、暗記するぐらい読んできました。そして、今日の会議の資料にも、花房の名前はなかったんです」

竹山は、風間の目を見て口を動かす。

「当時、新婚だった佳奈さんは職場では旧姓を名乗っていたと、お父さんに確認しました。園児たちが、花ちゃん先生で慣れてるから、卒業するまではと。事件後、発表された佳奈さんの苗字は、海原で統一されています」

いつものおどおどした表情ではない。何を思っているかわからないが、竹山は口を動かす。

「……それにね、俺、……思い出したんですよ」

ちりっとした痛みが、頭に走る。あのとき、藤井と聞いた声を、竹山は口に出す。

「……花房佳奈さんは、笑いながら死んだよ」

自分の声で、全身に鳥肌が立つ。強い痛みがどかんと頭を打ち、思わず、両目を閉じる。

耳元で声、瞼に顔が、再生された。

『竹山、お前、絶対に警察官やめるな。約束や』

「……カオル君の、言っていたとおりなんですね」

目を開けると、風間が正面に立っている。近づいてくる体に、竹山は足を動かせない。

鋭い頭痛だけでなく、強烈な吐き気に再び襲われ、両膝が崩れそうだった。

「……うらやましいです。……私も、忘れてしまいたい」

風間の小さな言葉に、口を動かせない。顔を、下に向けないだけで必死だ。

「……竹山さん、あなただけじゃないんですよ」

背中が、汗で濡れて寒い。情けねえと、竹山が自分に思ったときだった。

「……あの事件に、縛られたままなのは」

そう風間の声が聞こえ、腹に衝撃を感じた。

新しい痛みに、頭に浮かんだ、藤井の最後の笑顔が消える。

下を向くと、頭皮が見える頭がすぐそこにあった。

風間が体を離したので、竹山は、自分の腹に刺さっているものが見えた。

「……ちゃんと、身体検査をしないからですよ」

地面と水平な果物ナイフを見ながら、竹山は少し笑った。

「ありがとうございます」と言われ、風間が小さく首を傾げる。

風間のお蔭で、頭痛と吐き気が治まった。……思い出さずにすんだ。

「……聞かせて下さいよ。風間さんの、忘れたいことは……」

「……それは、無理ですね」

風間が、白い手袋を外し、竹山に薄い笑顔を見せる。

「……風間さん？」

手袋が床に落ち、風間は竹山に背を向け走り出す。屋上についてからずっと、ふだんからは考えられない身軽さで、胸の高さの柵を軽々と乗り越えた。

目と口を開く竹山に、どすんという音のあと、下から悲鳴が聞こえ始めた。

# 5

手当てが終わった竹山を、診察室の前で二係の係長が待っていた。

「……一体、一係はどうなってるんだ‼」

二係の係長は、顔を見るなり大きな声を上げる。

「ここ病院なんで、静かにしたほうが」

「良かったな。すぐに手当てしてもらえて」

少しの赤が散る、竹山の裂けたシャツ。それを見ながら、二係の係長が言った。

「だから、風間も無事だ」

「本当ですか⁉」

「うるさい‼　静かにしろ‼」

あんたに言われたくないと思いながら、竹山は「喫煙室行きましょう」と言った。

「頭が植え込みに刺さっていたんだ。髪の毛量は、関係ないらしい」

ハイライトの煙とともに吐かれた言葉に、竹山は肩の力を抜く。

「腕と脚の骨折で済み、今は麻酔で眠っている。まったく、一係は仲が良すぎるんじゃないか」

「はい、……良かったです」

久しぶりのタバコの味は、とても苦く感じた。竹山の言葉に、二係の係長は黙る。

「そちらの捜査は、進んでますか」

「ほうれんそうという言葉を知ってるか？　科捜研に頼んでたの、あれ、なんだ」

竹山は煙を吐き、半分以上残っているタバコを消す。

「梅林寺の家、もう捜索終わりましたか。いつも持ってる鞄って、ありましたか」

「竹山!!　質問に答えろ!!」

「係長、そんなに吠えてたら、血管切れますよ」

セブンスターの煙を吐きながら、桜田が喫煙室に入ってくる。

「桜田君、君もだ。犯人が連れ去られる以前に、何度も、病院に問い合わせをしていたらしいな」

「それも、どこかの誰かさんの仕業ちゃいますか」

二係の係長は、タバコの火を消し部屋を出る。

「お前らも、病院にやっかいにならないよう、気をつけろ‼」

「了解しました。ご苦労さんです」

小さくなる背中に手を振り、桜田は竹山に向く。

「なんや、朝より、いい顔になってきたやんけ」

「……なんすか、それ」

「俺の、予想通りやったんやろ」

いきなり話題を変え、桜田はにやりと笑う。花房医師に聞かれないためだろう。助手席にあった資料に、桜田は汚い字で推理を書きこんでいた。

昨晩、救急隊がふたりを運ぶなか、桜田は鳥居の携帯を勝手に見ていた。風間を誘うメールが、送信ボックスにあった。あの場にいなかったが、三人がいる場所を風間は知っていた。

「鳥居に鈍器で、望月に出刃包丁や。体格を知ってないと、用意できんやろ。それに、望月の、右太ももに古傷があるんも」

顔を下に向け、竹山が言った。

「……動機は、聞きだせなかったです」

「おっしゃ、行くぞ竹山」

「どこにですか」

「お前はアホか!! あの薄らハゲたたき起こして、全部吐かせて、真犯人捕まえに行くに決まってるやろ。あんな、ぬらりひょんが、一人でやったと思ってるんか」

「先に、行くところがありますよ」

桜田はタバコを消し、竹山の顔を見た。

「……お前、なんか、『メンタム』に似てきたぞ」

「……なっ、止めて下さいよ!! あいつといっしょにすんの!!」

竹山は久しぶりに大きな声を上げる。

「まあな、お前なんかといっしょにしたら可哀想やな。おら、もたもたしてんと、行くで」

そう言って、桜田は竹山に背中を向けた。病院を出たふたりは、桜田が運転してきた車に乗る。

「ほんで、どこに行くんや」

助手席で、桜田はタバコに火を点ける。竹山は、車を発進させた。カーナビの時計が、十二時を少し過ぎている。

「桜田さんは、身を隠す事情ができたとき、どこに行きますか」

竹山の質問に、少し経ってから桜田が答える。

「別の土地か、口が堅《かて》え友達の所か、女の所や」

最後のは見栄だろと思ったが、竹山は突っ込まなかった。

「木は森に隠せやから、都会にはおるな」

「梅林寺にとって、神戸に、口が堅くて、信頼がおける人物はひとりしかいません」

桜田が煙を吐き、口を閉じた。小雨が降り始めた頃、車は花房診療所の前に着く。

「桜田さんは、県警に戻って下さい」

シートベルトを外し、竹山が言った。

「おい、信用していいんやろうな」

扉を開け、竹山は答える。

「……藤井さんに、殴られそうなことは、もうしません」

竹山のわき腹を、桜田が軽く殴った。

「あいつ育てたん、俺やからな。ええヤツやったやろ」

珍しく小さな声に竹山は振り向かず、外に出た。扉を閉めると、車はすぐに発進する。

小さくなる車体を見ながら、思い出す。赴任当初、上司だった桜田に、ぼこぼこにされたと笑っていた顔を。


白い息を吐き、竹山はビルを見上げてから、診療所の扉を叩く。応答がないので、扉を引いてみる。立てつけの悪い音を立て、開いた先は薄暗かった。

「……花房先生、入りますよ」

断りを入れてから、竹山は中に入る。しんと静かで、初めて訪れたときより古ぼけて見えた。靴を脱いで、小さな待合室に上がる。短い廊下を横切り、診察室の前に立つ。ノックをしてから扉を開け、竹山は目を大きく開いた。

「……花房先生!!」

机の上、顔を突っ伏している横に大きい体。竹山は近づき、肩を揺らす。

「花房先生!!　先生!!」

花房医師は、竹山に何も言わない。握っている場所の温かさを感じたとき、地響きのようなイビキが聞こえてくる。

「……良かった」

首の脈を確認し、竹山は花房医師から手を離す。そのとき、片手に握られているものと、足元に転がるものに気がつく。竹山は、肉の間から、そろりと抜き取った。

乱雑に破かれたメモ帳。そこには、走り書きだが綺麗な文字がある。

「……わかりました」

そう言って、竹山は花房医師から離れる。診察室を出て扉には向かわず、右に延びる廊下を進む。すうっと息を吸ってから、目の前の障子を引いた。

十畳ほどの和室は、診療所より明るい。庭に続く窓と障子が開いており、薄い光が部屋の中を照らしている。真ん中には、きちんと畳まれた布団と、山があった。

竹山は、胸の中から自分を救ったノートを出す。果物ナイフが刺さり、少しの赤が滲んだ表紙。それと同じモノが、リリコの枕が載った布団の隣に積んである。

『逃げずに、自分と、向き合ってくれませんか。リリコちゃんのために』

数時間前、リリコの部屋で花房医師が言った。竹山は何も返せなかった。

手にあるメモの切れ端をポケットに入れ、ノートの山の前に座る。みっつの同じ高さにしてあるのが、あいつらしいなと顔が少しゆるむ。

手を伸ばすが、つかむ前に止まる。目を一度閉じ、開けてから部屋を見回した。懐かしさを覚える空間は、実家の居間を思い出す。

竹山は、部屋の隅に仏壇を見つけた。飾られている写真立ては、ふたつ。花房医師の妻子は、柔らかな笑顔が似ていた。

ふうっと、息を吸い込む。竹山は、一番上にある【1】と書かれたノートを取った。

ぱらりとめくると、青い文字がある。

**死にたい**

そう一言書かれただけのページが続き、終わった。

青い字に、目を通しながら。竹山はノートを、右から左に移動していく。

【5】の途中から、内容に変化があった。

**お母さんが、いっしょに死のうかと泣いた**

その次のページから、文字がぽつぽつと増える。しめくくりは、いつも同じだった。

早く死にたい

数字が大きくなるごとに、日常生活の文が増えるが、変わらない。大学生活を送っているとわかる【72】のノート。

真ん中あたりから、文字の色が黒に変わった。

こんな私でもいいというのは、本気なんだろうか

それより、こんなことを考えている私は、許されるんだろうか

いつものしめくくりの言葉は、しばらくなかった。その代わり、淡い恋心がつづられている。少し躊躇したが、竹山は読み進めた。初めての恋人と、仲の良い様子が続く。

【74】の、前半までは。

【74】は突然、空白のページだけになった。【75】を開くと、文字は、また青くなっている。

わたしのせいだ

ページを埋め尽くすのは、それだけ。次のページも、その次のページも。半分ほど続いたあと、小さく青い文字が並んだ。

あの人がいなくなったのは、私のせいだ。約束を、破ったからだ

あいつと会うまで、私は、死んだように生きなければいけない
早く、殺される前に、死にたい
竹山は、ページを閉じ立ち上がった。
開け放された窓から、小さな庭にサンダルを借り降りる。軒先に立ち、タバコをくわえ
火を点けた。竹山は、美味く感じない煙を吸い、吐いて、携帯灰皿に入れる。
目の前では、濃い緑が水を弾いている。目を閉じると、ぱちぱちという音だけが体に響く。どう受け止めていいかわからない、頭や胸にも。むきだしの足の冷えを感じ、竹山は部屋に上がる。
山の真ん中に座り、続きのノートに手を伸ばした。
少しの日常と、いつもの言葉。続くページに、また変化があった。
最後のノート、【115】の始まりだった。
私は、会いに行くと決めた
初めての、赤い文字だった。次のページから、特定の人物への思いが続いた。
私のことは、もう覚えていないだろうか
どんなふうに、声をかけたらいいのだろう

忘れている方が、いいのだろう
迷惑だと思うけれど、覚えていて欲しいのは、どうしてなんだろう
あかいおまわりさんは、今の自分を見たら、幻滅するだろうか
続く、一行だけのページ。
最後のページは、黒い文字が並んでいた。

明日、私は、私を今日まで生かしてくれた、竹山弥生さんに会える
これで、もう、あいつに殺されても構わない

【115】のページを閉じ、目を通していないふたつのノートを重ね、竹山は立ち上がる。
部屋を出て、診察室のイビキを確認してから、外に出た。

6

細い雨に打たれながら、メモにあった場所に数分で着く。竹山は、雑居ビルの四階にあ

る、まんぼうという名の漫画喫茶に入る。

受付の人間に手帳を見せながら聞くと、返事はすぐにあった。

薄暗い廊下を、気配を消して歩く。たどり着いた、禁煙、レディースフロアの部屋の扉を、竹山はがらりと開ける。

「ノックぐらいして下さいよ」

久しぶりに感じる、無機質で生意気な声。

「ここ、禁煙ですし、カップルシートじゃありません」

竹山は中に入り、扉を閉める。

「店員さんに、怒られますよ」

大きな背もたれ越しの声。

「今、エレンが初めて巨人になったんです。いいところなんです」

「続き、言われたくなかったら、さっさと席を立て」

「本棚、スラムダンクとシティーハンターしかありませんでしたけど」

「今、松波に全巻貸してんだよ」

少しの間《ま》ののち、狭い個室に聞こえた。

「わかりました。先に出て下さい。あと、コートを貸してくれますか」

背もたれから片手を広げ、ピースし、指を一本上に向ける。

「分かった。……逃げるなよ」

「逃げませんよ。もう、真犯人は分かってますから」

そう言って、リリコは、立てた親指を下に向けた。コートを脱いだ竹山は、先に部屋を出た。漫画喫茶を出てエレベーターに乗る。七階のボタンを押し、上がるたびに体が冷えてくのを感じた。


階に着き扉が開くと、埃の匂いがした。足を踏み入れ、ぐるりと薄暗い部屋を見回す。破れたブラインド越しに、隣のビルが見えた。オフィス用の椅子や机が隅に寄せられ、段ボールが重ねられている。近寄って中を覗くと、消費者金融のチラシが入ったポケットティッシュがあった。

「ハンドサイン、分かったんですね。褒めてあげます」

聞こえた声に、竹山が振り向いたときだ。突然、両目に強く吹きかけられた。

「……まえっ……」

「最初に、謝っておきます。すみません」

鋭い痛みで、両目が開かない。ばちんという大きな音とともに、竹山は、首元にさらに強い痛みを感じた。潰《つぶ》れた声を出し、その場に崩れる。

真っ暗な視界、痺れだす体。かちゃり、かちゃりと、金属の音が聞こえる。

両腕に嫌な重さを感じたが、瞼も、指一本も動かせない。

「でも、竹山さんが、有段者のくせに隙だらけなのが悪いんです」

竹山は口を動かせなかった。体に腕が回されるが、抵抗出来ない。

「あの女の人。この重さを、よく、ラブホテルまで運びましたね。お家にあった古武術の本を読ませて頂きましたが、役に立ちそうです」

平坦な言葉とともに、ずるずると、ゆっくり体が床をはう。

「JR元町駅の高架下って、なんでも売ってるんですね。先ほど使った催涙スプレーとスタンガンと、手錠ふたつ買ったら、割引してくれました」

竹山は、意識を離さないだけで必死だった。動きが止まり、また、金属音がした。

「竹山さん、生きてますか」

上半身を起こされ、震える口を竹山は開く。

「……めえっ……、ぜったい……訴えてやる……」

「どうぞ、そのとき、私がいたらいいですけど」

痛みのためか、両目から水が止まらない。竹山は息を大きく吸い、目を開こうとする。

「竹山さん、無理しないで下さい。使用した催涙スプレーは、三十分すれば効力が切れて、体に影響はないと店員さんが言ってました」

「……うるせえ」

無理やり視界を開けると、声が大きく出た。竹山は、体と唇が震えているのを感じながら、口を動かす。

「……んで、……こんなこと、すんだ」

リリコは、竹山を見下ろし言った。

「竹山さんを、監禁するためです」

「……そんなこと、……あっさり言うんじゃねえ!!」

竹山の叫び声と、両手首に掛かった手錠の先、つながれた机の脚が金属音を立てた。

「大きな声を出すと、喉が渇きますよ」

つかみかかりたいが、両腕は拘束されている。両足は自由だが、強い痺れで力が入らない。

「……うるせえ!! 手錠、外せ!!」

「まったく、竹山さんは仕方ないですね」

滲む視界に、自分のコートを着たリリコがいる。メガネを鈍く光らせ、床にある黒い靴を探った。水のペットボトルを手に、竹山の目の前で止まる。

「口を開けて下さい」

そう言って、リリコはボトルのキャップを外す。

「……ふざけんなっ!!」

竹山は叫び、片足を、黒いパンプスを履いた足にぶつける。

「ふざけてません。さあ、口を開けて下さい」

とても軽い手ごたえに、目の前の顔はぴくりともしない。

「変なクスリでも入ってんだろ!!」

竹山がそう言うと、リリコはボトルに口をつけ喉を動かす。

「これで、安心しましたか」

「安心できる……っ……!!」

竹山の大きく開いた口に、上から水が降ってくる。

「間接キスですね」

ボトルを床に置き、リリコがしゃがんで言った。上半身が濡れた竹山は、ごほごほと咳き込んでいる。

「お腹、空いてませんか。一度、おう吐しているでしょう」

リリコの言葉に、竹山は目を大きく開く。

「二個も盗聴器を仕かけられて気づかないのは、間抜けを超えて、才能ですね」

リリコは潰れた小さな機械を、床にひとつ落とす。

「コートのポケットに入っていました。桜田さんでしょうね。お尻の右ポケットに、私が、朝に仕かけたものが入ってますよ」

そう言いながら、リリコは鞄を探った。手にしたコンビニのおにぎりを、ぴりぴりとはがす。

「手作りでなくてすいません。口を開けて下さい」

両膝をつき、リリコは竹山の前に三角を伸ばした。

「口を、開けて下さい」

二度目の言葉に、竹山が、鋭い視線を返したときだ。リリコの片手が、腹の裂け目を強くつかんだ。竹山の呻き声は、磯の匂いで消された。

「気を遣って、具は牛カルビにしました。美味しいですか」

そう言ったリリコの顔に、米粒が散る。

「食べ物を粗末にするなと、ご両親に教わらなかったんですか」

床に落ちた残骸を見ながら、リリコは顔の粒を指でつまむ。

「……お前、いい加減にしろよ!!」

「その言葉、そっくり、竹山さんにお返ししますよ」

そう言って、リリコは立ち上がる。竹山から離れ、正面に椅子を転がし持ってきた。

「タバコ、吸いたいですか」

一メートルほど先から、腰かけたリリコが聞く。口周りが汚れたまま、竹山は無言で睨む。

「ニコチンは、体内で一時間から二時間程度で切れるらしいです。大丈夫ですか」

手や全身の震えは、お前のせいだろと竹山は思った。

「大丈夫なら、時間がないので始めましょう」

リリコは姿勢を正し、口を動かす。

「竹山さん、聞きたいことがあるならどうぞ。私は、全部に答えます」

少しの間《ま》ののち、部屋に小さく声が響く。

「……お前、大丈夫か？」

答えは、少し経ってからだった。

「竹山さん、私は、途中から、あなたも疑っていたんですよ」

外からの薄い灯りに照らされ、リリコが言った。

「私は、犯罪心理を学び、性悪説を信じるようになりました」

竹山は、黙って耳を澄ます。

「人間は弱く、欲望を抑えるために後天的努力が必要だという思想は、竹山さんが信じる、性善説と真逆ですね」

リリコは、平坦に言葉を重ねていく。

「県警に赴任して、さらに実感しました。犯罪者は、被害者なんです」

竹山の、眉間のシワが深くなる。

「パパが約束を守ってくれないから脅す。ＤＶ彼氏のせいで自分を殺す。利用された相手が憎いから全てを壊す」

滑らかに動く口、レンズ越しの目。目の前の顔に、竹山の体はどんどん冷えていく。

「犯罪者にとっては、被害者が悪なんです。なのに、国や法律は、被害者を守り、犯罪者を裁く。それって、よく考えたら不公平ですよね」

リリコは、竹山をまっすぐ見ながら話す。

「竹山さん、どうして、何も言わないんですか。呆れて、ものが言えませんか」

「……違う」

ぼそりと漏れた声に、リリコの右眉が動く。

「……言う権利、ないだろ」

リリコは立ち上がり、顔を下に向けた竹山の前に立つ。

「……お前に、俺は、偉そうなことばかり言ってた。……ずっと、腹ん中で笑ってたんだろ」

竹山の言葉に、返す声はない。

「お前は、そこまで考えて、警察官になった。……俺は、まだ、あの事件から逃げてる。……藤井さんとの約束の為に、お前を……」

竹山が続きを言う前に、上から言葉が落とされた。

「そうですね。私は、事件から十年間、自殺と同じくらい強く、復讐を考えて生きてきました。141Bで威嚇していたのは、自分自身だったのかもしれません」

自分に対する怒りが、体中で暴れている。それなのに、竹山は何も動かせなかった。

「竹山さん、全て終わらせるまで、ここにいて下さい。私の邪魔、しないで下さい」

目の前に、リリコは、先ほど使ったスタンガンを伸ばす。

「短い間でしたが、お世話になりました」

竹山が顔を上げると、ばちりと首元で音がした。意識を失くし、限界まで保っていた体を伸ばす。

「……もう、充分ですよ」

上から降る声は、竹山には届いていない。

「……約束、守れなくて……ごめんなさい……」

小さな声は、すぐに薄い闇に溶けた。

## 7

「……おいっ!!　目え覚ませや!!　おいっ!!」

体を大きく揺すられ、ダミ声に竹山は瞼を開ける。

「おらっ!!　目え覚ませや!!」

ごつんっと、片頬から音がした。

「……いてえ」

「起きろや!!　じゃねえと、もう一回いくぞ!!」

竹山は、ゆっくりと上半身を起こす。

「……桜田さん、俺」

竹山の言葉を、桜田の拳が止めた。

「情けねえ面してんやねえぞ!!　ぼけがあっ!!」

「桜田さん、もう、勘弁してあげて下さい」

熱い頬を片手で押さえ、竹山は桜田の後ろを見る。

「竹さん、もう、だいぶぼろぼろなんですから」

ほほ笑む松波の顔に、竹山は目を開く。

「そうですよ、これじゃ話が違いますよ」

さらに、松波の後ろから花房医師が顔を見せる。

「優しく起こすって言うから、あ、みなさん、どうぞ」

そう言いながら、花房医師はちゃぶ台の上に湯飲みを人数分置いていく。

竹山は、周りをぐるりと見回す。懐かしい香りのする、畳の部屋に戻っているのに気がついた。

「桜田さんは、愛情表現が歪んでますよね」

「すんませんね、育ちが悪いもんで」

湯飲みを傾けながら、桜田と松波は言葉を交わす。その光景に、布団の上にいる竹山は口を開く。

「……なんで、俺、ここに」

「お前が、『メンヘラ』に接触して、盗聴器外れて、漫画喫茶で撒かれたんやが、俺の刑事の勘で、もっかいビルをしらみつぶしに探したんや。七階でお前がころがっとって、花房先生に看てもらう為に、ここに運んだ」

そう一気に話し、桜田はにやりと笑う。ちゃんと言えるのかと、竹山は思った。

「おっきな貸しやで。お前、終わったら、覚悟しとけや」

……あれは、夢じゃなかったのか。

竹山が両手首を見ると、ぐるりと赤い痣《あざ》。尻の右ポケットを探り、細長い冷たさを感じた。

「あんな、か弱い女の子相手に、情けないもんやな」

竹山は、その通りだと思った。

「追い詰められた小動物は、強いんですよ」

松波の言葉に、竹山は下がっていた顔を上げる。

「……松、お前、なんでここにいるんだ？」

「ひどいなあ。急いで来たのに」

「お前ら、昔からほんま仲ええな。デキとんちゃうか」

竹山に、桜田が言った。

「僕は、竹山さんを、尊敬する先輩と思っています」

松波の答えに、桜田はずずっとお茶をすすった。

「桜田さん、県警に戻って大丈夫ですよ。竹さんと花房先生は僕に任せて下さい」

「そんな、非番の日に、管理官様にお仕事させられませんよ」

「僕が、勝手に協力したいんです。お願いします」

松波は頭を下げ、桜田はふうっと息を吐く。

「じゃあ、お願いしますけど。くれぐれも」

「はい、任せて下さい」

松波の笑顔に、桜田が黙る。その様子を、竹山と花房は口を開けて見ていた。

桜田は、竹山に大人しくしとけやと残し、花房診療所をあとにする。


「……ダイイングメッセージ、ありがとうございました」

三人になった部屋で、竹山が花房医師に言った。

「いやあ、あれで伝わって良かった。うちが駄目なら、あそこに行くって、朝、うちに来たとき言ってたから」

そう言って、花房医師は顔を緩める。握っていたメモには、まんがまんぼうと書かれていた。

「……あいつ、漫画好きですもんね」

「そうだねえ、部屋に荷物を増やしたくないって、こっちに来る前もよく行ってたみたいだよ」

鳥居と、仕事の合間にぼそぼそと喋っていたのを、思い出していたときだ。

「梅林寺さん、どこに行っちゃったんですかね」

松波の声に、ふたりは口を閉じた。

「……すまない。私が、もっとちゃんと」

「いえ、花房先生は、悪くありません」

竹山に言葉を遮られ、花房医師は頼りない笑顔を作る。

「……リリコちゃんを、今日の早朝から昼までうちに隠していたのは、私の判断だよ」

嘘が下手ですねと言わず、竹山は「そうですか」と返す。

「リリコちゃんが寝ている隙に、竹山さんに会いに行き、尼崎中央病院に向かったのは私の判断です」

竹山の顔をまっすぐに見て、花房医師は続ける。

「そんな私の行動もですが、リリコちゃんは、外の動きを全て把握していたんだと。……だから、私を眠らせて、なんらかの理由で出て行ったんだと思います」

数時間前、診療室の床に転がっていた。昨日の試合のあと渡され、飲まなかったエナジードリンクの缶。混入されていた成分はいっしょだろう。今日、風間に渡されたペットボトルから検出されたものと。

竹山は、勝手に鞄を漁られていたことに怒りを足した。

「竹さんは、梅林寺さんに会ったんですよね。理由を、聞いてないんですか」

花房医師の前で言える訳ないだろとは、松波に返せなかった。

「……竹山さん、リリコちゃんが、薬を常用していたのを知っていますか」

花房医師が、竹山の代わりに声を上げる。

「……はい。……あれは」

「全部、健康補助剤です」

「えっ」と漏らす竹山に、花房医師は顔を緩める。

「プラシーボ効果というのを知ってますか」

「薬効はない偽薬で、病状が改善することですよ」

松波が竹山に説明し、花房医師は続ける。

「リリコちゃんは一時期、通常の精神剤で改善が見込めない時期がありました。そのときに、偽薬を処方し、魔法の言葉を唱えたんです。……竹山弥生さんとの約束を守るために、リリコちゃんは生きなければと」

竹山は、目を大きく開いた。


「……ああ、もう七時ですね。みなさん、お腹空きませんか」

ぼーんと鳴るかけ時計を見ながら、花房医師が言った。

「私、何か、作りますね。嫌いなものはありませんか」

「僕も、竹さんも、なんでも食べれますよ」

「そうですか、じゃあ、買い物に行ってきてもいいですかね」

松波は、少し間を置いてから答える。

「これ、持って行ってもらっていいですか」

「はいはい、そこのコープさん行くだけなんで、そんなに時間かかりませんから」

松波から携帯を受け取り、花房医師は部屋から出て行った。

「……良かったのか、ひとりで行かせて」

「外に、県警の人間がいますから。それに、竹さんとふたりで話がしたかったんで」

松波はそう言って、竹山の湯飲みにお茶を注ぐ。

「……ごめんな、巻き込んで」

竹山がそう言ったとき、部屋にぱちんと軽い音が響いた。

「竹さんは、本当に、馬鹿ですね」

桜田に殴られた反対の頬を、竹山は触る。松波の、初めての顔を見ながら。

「そんなふうだから、梅林寺さんが頼れなかったんですよ」

「……すまん」

今日は、目が覚めてから謝ってばかりだ。そう思っていると、大きく息を吐く音が聞こえた。

「すみません。ちょっと、八つ当たりしました」

顔を上げると、いつものようにほほ笑んだ顔があった。竹山は体の力を抜く。

「今日、僕を神戸に呼び出して、事情を教えてくれたのは、誰かわかりますか?」

松波の質問に、竹山が口を開いた。

「僕のこと大嫌いなくせに、竹さんのために頼ってくるなんて、本当にムカつきますよね。こっちは、四年も振られ続けてるのに」

桜田かと言う前に、松波が言った。少ししてから、竹山は、昨日、自分を叱咤《しった》してくれた顔を思い出す。

「……松、そんなこと、今まで一言も」

「まあ、これで、大きな貸しができました。竹さん、ありがとうございます」

桜田と同じようなセリフを吐き、松波はにっこりと笑う。

「今の事態になるまで、竹さんに黙っていてすいませんでした。梅林寺さんのことはある程度調べられたんですが、真実は、組織がとても厳重に守っていたんです。信じてくれないかもしれませんが、僕も、今日、全部を知りました」

表情を変えた顔に、竹山は、少し間を取って口を開く。

「……松、教えてくれ。知ってること、全部」

「話してくれた、監視役のツンデレお姉さんに、僕から聞いたって言わないですか？　これ以上嫌われるのは、さすがに辛いんで」

梨花と桜田、花房医師と、リリコも知っているんだろう。約束を守る為に目を逸らし続けた、自分の記憶を。

「大丈夫だ。それに、松のことも」

松波は顔を歪ませ、ゆっくり口を動かし始める。三十分ほどだったが、とても長く感じる話が終わった。

竹山は、「話してくれてありがとう」と言った。花房医師が帰って来る前に、ふたりは診療所をあとにする。

「なんか、急に寒くなりましたね」

並んで歩き、東門街を通るとクリスマスソングが聞こえた。

「竹さん、今年のクリスマスの予定ってありますか」

返事はないが、松波は続ける。

「なんか、仕事に就いて、歳取るたびに、クリスマスとかどうでもよくなってきますよね」

東急ハンズを過ぎ、ふたりは早足で進む。

「あ、僕、お正月はまとまった休み取るんです。親父の古希祝いで、親戚総出でハワイなんですよね。お土産何がいいですか」

ドン・キホーテを過ぎ、ローソンと高層マンションをつなぐ横断歩道の前で、ふたりは止まる。

「ベタですが、ビーフジャーキーとかでいいですかね」

信号が青に変わり、竹山が松波のほうを向く。

「竹さん、肉好きでしょ」

「……松、ごめんな」

「謝るなら、行かないで下さい」

松波の言葉に、竹山は拳で返す。吹っ飛び、後ろに倒れた松波を見て、周りから声が上がった。振り返らず、竹山はトアロードを山の手へと走り、すぐにタクシーを捕まえる。

行先を聞かれ、少し置いてから答えた。

「……須磨の、……海浜水族園まで」

タクシーが発車し、竹山は目を閉じる。尻に固さを感じたが、ほうっておいた。さっきから、体のどこかが絶えず痛む。それが、怪我を負った腹か、右足か、傷のない頭なのかわからない。

着いたら起こして下さいと断り、竹山は意識を閉じた。

# 第9話 × プロポーズを君に

1

「藤井さん、今日、吸いすぎじゃないすか」

「さみーから、窓開けんなや」

「俺が、肺ガンになったらどうすんですか」

「竹山は、体鍛えてるから大丈夫だ」

そう言って、助手席の藤井は、ピース・ライトの煙を吐き出す。運転席の竹山は、窓を閉めた。

「予定日、一週間後でしたっけ」

「そう。あいつ帰って来てるから、吸えねんだ」

「禁煙したらどうですか、お子さんのためでしょ」

「お前、最近生意気になったな」

藤井は竹山の肩を拳で軽く殴る。

「こっち来たてのときは、可愛かったのに」

「それは、すいません」

「まあ、うちに慣れたってことやな」

藤井の言葉を、竹山は嬉しく感じる。竹山が刑事として、兵庫県警捜査第一課に配属されー年半経った。

「あと半年で、竹山は本庁か」

「そうなったら、いいんですけどね」

藤井は、灰皿で火を消しながら言った。

「何言ってんだ、準キャリ様が。頼むから、出世しても俺の上司にはなるなや」

「それはいいですね」

藤井が、竹山の肩をさっきより強く殴る。

「そうなったら、俺の査定良くしろ。約束な」

「善処します」

「刑事が、約束を破ったらあかんで」

そう言った藤井は、竹山に、にやりと笑った。

「あっ、竹山、そこ曲がれ」

道路にイルカのモニュメントが現れ、竹山はハンドルを切る。

「竹山は、初めてか。水族園に来るの」

三角屋根の大きな建物の周りに、高いヤシの木が並ぶ外観。十二月の晴天の下、須磨海浜水族園は白く光っている。

「はい。立派ですね」

子どもの頃に行った、松島の水族館とは全然違った。さすが神戸と思ったが、口に出さなかった。

「さすが、やろ?」

にやにやと笑う顔を、竹山は見ずに駐車場に入る。

二十五歳の竹山は、五歳年上の藤井からからかわれるのが常だった。赴任当時の神戸の感想を、いまだにネタにされる。関西弁や、特有の漫才のようなかけ合い。戸惑っていた竹山は、藤井といるうちに慣れてきた。

「東京のが、立派なんちゃうの」

駐車場に車を停め、藤井がタバコに火を点けて言った。

「藤井さん、行かなくていいんですか」

「緊急事件ちゃうし、一本吸ってからでもええって」

竹山は、小さく息を吐き窓を全開にする。今日の午後、県警は応援要請を受けた。竹山と藤井が現場に向かう途中、犯人確保の知らせが入り、人が出払っている須磨警察署から、須磨水族園の定時巡回を頼まれた。

「まあ、帰り道やからええけど。なんか、ええように使われてるよな」

「藤井さん。昔、仕事に小さいも大きいもないって、俺に怒りましたよね」

藤井は煙を吐く。

「なあ、竹山は、東京で彼女おらんかったん？」

先週、奥手な竹山は、無理やりキャバクラに連れて行かれた。ガチガチな様子を肴に、藤井は酒を呑んでいた。

「……いましたけど、水族館には行かなかったんです」

「そうか。なら、東京で彼女できたら、ここに連れて来いよ」

藤井は、そう言って煙を吸う。

「イルカショーあるし、ついでに、俺の可愛い子供見て帰れ」

答えを返そうとしたときだ。竹山は、後頭部をバットで思い切り殴られた。

「……なんや、お前ら!!」

叫んだ藤井の後頭部にも、ガラスの音とともに沈んだ。

車の前方の扉が、両方外から開かれる。竹山と藤井は、外に引きずり降ろされた。

駐車場のトイレに連れ込まれ、抵抗する間もなく、ふたりは意識がなくなるまで四人に殴られ続けた。


生臭い匂いに、竹山は瞼をゆっくり開けた。

『やっと、おまわりさんが目を覚ましたねえ。みんな、拍手』

甲高い機械音の声。目の前には、バケツを持った、白い顔をした中年の男。後ろには、床に座る中年の女性と子供。その後ろには、駐車場で襲ってきた四人の男たち。猟銃を、前に座るふたりに向けている。

全身が、感じたことのない激痛に支配されていた。背中を固くて冷たい床につけたまま、竹山は頭をゆっくり動かす。

ぐるりと円を描くプール、その先にはつぶらな瞳たち。観客席だろう、ベンチが並ぶ中、同じ制服を着た子供たちのすぐそば。

ベンチ上で、身体を水平に重ねる男女。遠目からでも、赤が床を汚し、こと切れているのが分かった。

……なんだ、これは……。

そう、竹山が思ったとき、足元からばしゃりと音がする。

『お父さん、まだ気づかないから、もう一杯かけてあげて』

足元に顔を向けると、少し先に、濡れた藤井が仰向けに転がっている。その横で、中年の男がプールにバケツをつけていた。

竹山は、目を大きく開く。バケツの先に、ぷかりと人間が浮いている。

『おまわりさんが、驚くのも無理ないよね。ショーの前半に間に合わなかったから』

冷たさが、全身の痛みに重なり広がっていく。

『もうひとりのおまわりさんも、起きたみたいだね。じゃあ、始めよう』

耳に響く声が、心臓の音を速めていく。顔に水をかけられた藤井は、体を横に向け咳き込んでいる。

『さあ、殺人ショーの後半だよ』

たぶん、自分も同じ顔をしているのだろう。竹山は、藤井の顔を見て思った。

『ここにいるおまわりさんふたりは、すでに、アバラ何本かやられてます』

お互い、立ち上がらない。ぼろぼろな様子から、声は真実を語っていた。

『だから、ステージにいる家族を、力ずくで救うことができません。でも、方法はあります』

抵抗できないふたりを、黒ずくめの男が後ろから引きずる。腕を伸ばせば届く距離に、向かい合わせで座らせた。

『おまわりさんたちが死ねば、家族を助けます』

竹山と藤井は、同時に大きく目を開く。ふたりの間に、上からごとりごとりと何かが二度落とされる。

『その銃で、死んで下さい。おまわりさん』

竹山が、口を開いたときだ。

「分かった。お前の言う通りにするから、観客は解放しろ」

先に、藤井が大きな声を出していた。

『はあ？　おまわりさん、馬鹿なの？』

「馬鹿なのは認めるが、嘘はつかない」

後頭部に、猟銃の口がある藤井が言った。

『じゃあ、証明してよ』

「どうやって」

『向かいのおまわりさんを、みっつ数えるうちに撃って』

竹山は、言葉を、開いた口から取り出せない。

『さーん』

ぱんっと、乾いた音がその場に響いた。叫び声が、ふたり分大きく上がる。

『死んでないよ』

竹山は、右の太ももを押さえ、熱さと衝撃に叫んでいる。

「ほら、撃ったぞ」

「殺せとは、言わなかったやろ」

『たしかに。じゃあ、次は殺してね』

ふたりの黒い男が、ステージから客席に移動する。子どもたちを立たせ、外へと誘導していく。その後、竹山の後ろにいた男が、叫び声を上げる中年女性の頬を叩き、三人を連れて行った。

「なあ、あそこにいる女性は、どうして殺したんだ？」

『花房佳奈さんは、笑いながら死んだよ』

その答えに、竹山は、おう吐した。

『子供を助けて欲しかったら、プールに沈めって言ったんだ。そしたら、死んじゃった。かなづちだったのかな』

「かなづちじゃなくて、空気を読んだんやろ」

荒い息をしながら、竹山は顔を上げる。落ち着いて聞こえる声と、目の前の顔は一致していない。

『花房佳奈さんは、偉いよね。他人の子どものために、上から頭押さえられてんのに、ずっと笑顔だったよ。おまわりさんとは、大違いだ』

「どうして」

藤井の顔と、両目は、血管が赤く浮き上がっている。表情は、竹山が見たことがないものだった。

『だって、これから、仲間を殺すんだから』

「なら、俺は、助かるのか」

少しして、聞こえた。

『そうだね、おしゃべりなおまわりさんは、助けてあげる』

「そうか、お前は、どちらかを選ばせて、楽しんでるんだな」

竹山の目の前の唇が、震えている。

『早くしてよ。みっつ数えるうちに、やらないと、ふたりとも殺しちゃうよ』

「だとよ、竹山、銃を持て。使い方は、学校で習ったやろ」

「えっ」と漏らした竹山の顔を、先に銃を持った藤井が殴った。

「さっさと、銃を持て」

もう、どこが痛いかもわからない。

震える手を伸ばし、銃を床から持ち上げる。

「おい、お前、約束守れよな」

『さーん』

返ってきた声に、藤井は舌打ちする。

『にーい』

怯えた目を向ける竹山に、藤井がにやりと笑った。

『いーち』

「竹山、お前、絶対に警察官やめるな。約束や」

ぱんっと、乾いた音があたりに響いた。

竹山の目の前の体が、ゆっくりと床に倒れる。

『あーあ、つまんないの。偽善者ばっかりだね』

その機械の声に、竹山は頭が白くなるのを感じた。

「……っ、……ざけんなあああああっ!!」

言葉になっていたのは、それだけ。止まらない自分の叫び声が、耳に痛い。

冷たかった体が、焼けるように熱くなった。立ち上がると、痛みがどこかに飛んだ。

こちらに向かってくる男が、ひとり、ふたりと、倒れていく。

黒い男たちが、床に全て伸びた。竹山は銃を床に落とし、藤井のそばに立った。頭が欠けた藤井は、笑みを浮かべている。

ぽつりと、赤が丸く滲んだ。

「………約束、守りますから……」

## 2

竹山は、自分の叫び声で目を覚ました。

「……お客さん、大丈夫ですか?」

前の席から、運転手が顔を向けている。

「……はい、……たぶん」

そう答え、車が停まっているのに気づいた。

「なんか、検問やってるみたいで、動きませんねん」

窓の外の景色で、須磨海浜公園駅のひとつ手前、鷹取駅付近だと分かった。

「……あの、……月見山駅に向かってもらえますか」

タクシーは国道二号線を逸れ、五分ほど走り到着する。あたりを見回し、竹山は料金を払って外に出る。一軒家が立ち並ぶ中にある、トタン板が屋根に乗った改札口。月見山駅は、ホームのすぐ隣に住宅がある小さな駅だ。

……板宿駅にすれば良かった。そう思いながら、竹山は駅に入る。雨の中突っ立っているのを、周りに不審な目で見られていたからだ。

ひとつ駅向こうの板宿駅は、大きな商店街があった。しかし、この駅の周辺には民家しかない。判断ミスを悔やみながら、竹山は地図を探す。朝まで時間が潰せる、警察の人間に見つからない場所。

駅の入り口にあった周辺地図。目当ての場所はなかったが、地図の隅に、ガムテープで貼られたノートの切れ端を見つける。

竹山は、文面を見て、少しだけ顔をゆるめた。

「……長《なげ》え」

水滴で、滲む青。小さく、丁寧な、見覚えのある文字だった。


彼は、ただひたすら、前を向いたままで歩き続けている。けれど、どこまで行っても、まるで輪の上を歩いているように、気づけば同じ場所に戻ってきてしまっている。

不毛なこの現状をどうにかして変えたくて、彼は、歩いて来た道をこれまでとは逆に歩き始めた。五分後、彼はどこに辿り着いたでしょうか？

長い文章は、XYZで終わっていた。

「……あいつ、なんで知ってんだ」

紙を手に取り、竹山は構内でしばらく考える。


十分後、再び地図の前に立ち、正解の場所を探した。

駅をあとにし、細い雨に打たれながら、竹山は住宅街をふらふら歩く。民家から漂う夕飯の匂いが、腹を鳴らす。食欲は、こんなときでもあるのかと思った。

最後に、肉喰いたかった。そう思いながら、古いアニメの歌を途切れ途切れに小さく歌う。


角を曲がると、街灯に照らされる小学校が見えた。校舎の一番上にある時計は、八時半を指している。がらんとした運動場を眺め、隅に竹山は見つけた。

あたりを見回してから、フェンスに上り中に入る。警報は鳴らず、警備員の姿はなかった。竹山は壁づたいに歩く。進むたび、全ての感覚が鋭くなっていくのがわかる。

正解の場所に着くと、竹山の鼻が、塩素の匂いにツンと痛くなった。

……海が近いのに、こんなに立派なのがあるんだな。

そう思いながら、竹山は、入り口を探す。鎖が巻かれ錠がかけられた門。それを横目に、竹山はコンクリートの塀を上る。中に入ると、塩素の匂いがきつくなった。胸が、ムカつき始めたのを感じる。おう吐を堪え、竹山は短い階段を上がった。

ゆっくりと進んだ先、目の前に広がる景色に、目を大きく開く。

夜間照明に照らされた、十年振りのプール。

たぷたぷと風に揺れる黒い水に、竹山は拳を握る。何度か深呼吸をし、ぐるりとあたりを見回す。

自分以外の息は聞こえず、波が打つ音が響いている。息を吐き、竹山はプールのそばに座った。コートのポケットを探り、ぐしゃりと曲がった箱を出す。そこから一本取り出し、竹山はくわえる。

火が、なかなか点かない。風のせいでなく、手が震えているからだ。

小さな灯りがつき、ライターを投げた。煙を吸い込むと、苦みが口に広がる。

同じ味を知れば近づけると思い、喫煙を始めた。浅はかで幼稚な発想だった。そう思いながら、竹山は煙を吐き出す。

一人前の刑事は吸うんだよ。そう言っていたのを思い出し、竹山はぼそりと漏らす。

「……なれませんでしたよ」

藤井が、今の自分を見たらなんと言うのだろう。

……自分の命を引き換えに守った、……犯罪者を。


そう、竹山が思ったときだ。

後ろに気配を感じた。

「……なあ、お前、なんであの暗号知ってたんだ」

返事はないが、竹山は続ける。

「続編で知ったのか」

「小学生のとき、シティーハンターのアニメを、夕方の再放送で全部見ました」

聞こえた声に、竹山は煙を吸う。

「漫画が始まった時点で、新宿駅に掲示板はなかったってご存じですか」

「そうか」

吐きだした煙が、風で横に流れる。それを見ながら、次の言葉を竹山は待つ。

「竹山さんは、冴羽獠と少し似てますね」

「どこが」

「すけべなところです」

竹山は、小さく吹きだす。

「お前は、凶暴なところが、ミカサに似てるな。……男がすけべじゃないと、国が滅びるんだよ」

だから、お前はもっと積極的になれ。結婚するまではすごかったと自称する藤井に、何度も言われた。

「なら、これからは、行きずりのメンヘラに手を出さず、真面目な交際をして下さい」

「お前、本当に、そここだわってるよな」

「家庭を作り、子どもを三人以上作って、浮気はしないで下さい」

「浮気したことねえし」

「タバコとお酒はやめて、九十まで生きて下さい」

「俺、そんな長生きするのか」

「はい、竹山さん、生命線長いから大丈夫です」

「そうか。じゃあ、梅林寺は、百まで生きろ」

いつの間にか、フィルターだけになったタバコを床に投げる。

「そんなに生きて、どうすればいいんですか」


気配を感じ、振り返ると同時に両腕を伸ばす。竹山は、細い両手首を強くつかんだ。

リリコの片手で、火花がぱちっと弾けて消えた。

「……何度も、同じ手に引っかかるか」

竹山が、顔の見えないリリコに言った。

「この十年間、私がどうやって生きてきたか、もう、知ってますよね」

……知って欲しかったんだろう。

だから、十年間を読ませたんだろと、竹山は思った。

「なのに、生きろと言うんですか」

下を向く頭から、震えた声が聞こえる。両手をつかんだまま立ち上がり、竹山は答えた。

「……お前もな」

竹山はスタンガンを取り上げ、床に落とす。両手が解放されたリリコは、片手をポケットの中に入れた。

「……なんで、俺を、生かそうとする」

竹山は、両手でリリコの顔を上げる。目の前の表情は、聞こえた声と違う。

「俺は、人を殺したんだよ!!」

手の中に力を入れ、竹山は叫んだ。目の前の無表情な顔が、生きているのに、とても冷たく感じた。

「……梅林寺、捕まえてくれよ」

返事はないが、竹山は続ける。

「……四人やったんだ。確実に、俺は」

言葉の途中で、竹山は後ろに吹っ飛んだ。どさりと体重が倒れる音と、カツンと小さな金属音があたりに響く。竹山は顎に痛みを、背中に床の冷たさを感じ、薄い影に乗られる。

「竹山さん、どれだけ、約束を破るんですか」

そう言って、リリコは、竹山の頬を拳で殴った。

「どれだけ、がっかりさせるんですか」

もう一度殴られ、竹山は口を開く。

「……お前、なんで、そんなに怒ってんの」

竹山の上にある、赤く染まった裸の瞳と顔。雨が上がり、雲間から覗く月が照らしている。口を動かさないリリコは、竹山をまっすぐ見ている。

「俺は、お前に約束したのか」

顔を逸らさず、竹山は言った。

「俺は、なんて言ったんだ」

「教えません。もう、いいんです」

「なんだよ、そ……」

竹山の言葉が、乾いた音に止まる。

十年振りの音。右太ももの激痛。

「どうしてよけたんですか、スタンガンの方が楽だったのに」

竹山は、声が出なかった。

3

「これで、いいですか」

右手に銃を持ち、左手をポケットに入れたリリコが竹山の横に立ち、後ろを振り向く。

「言っていた通りでしょう。竹山さんは、私のことを覚えていませんし、私のことは、生意気な後輩としか思っていません」

狭い背中に、床から起き上がれない竹山は、震える唇を動かす。

「……梅林寺、お前、誰と喋ってるんだ？」

リリコの手にある銃が、床に落ちる。

「私の、旦那様になる人です」

「リリコちゃん、最高」

そう言って、両手を伸ばすリリコの横に並ぶ。その姿に、竹山は大きく目を開く。

「わあ〜、すごいびっくりしてますね〜」

「……おい、なんの冗談……」

竹山の言葉が止まる。赤が溢れてきた場所を、思い切り踏まれたからだ。

「冗談じゃ、ありませんよ〜」

竹山は、あたりに絶叫を響かせる。包帯を頭に巻いた、いつもの声と顔の鳥居が、上から見ている。

「ねえ、リリコちゃん〜」

「そうですね」

背中からの声に、竹山は叫ぶのをやめる。

「……梅林寺、……これ、なんだ……」

「人の奥さん〜、呼び捨てにしないで下さい〜」

そう言って、鳥居が竹山の顔を踏んだ。ぐりぐりと足を動かしながら、口を動かす。

「竹山さん〜。結構、リリコちゃんのこと意識してましたよね〜」

竹山の手が、鳥居の足首を持つ。

「でも、残念でした〜。竹山さんには〜、今から〜、僕らの初夜を見てもらいますから〜」

なんとか力を入れ、足を顔からどかす。上にある顔は、とても楽しそうだった。

「……何、言ってん」

鳥居に腹を強く踏まれ、竹山は言葉になっていない声を上げる。

「ねえ～、竹山さん。どうして、十年前のこと忘れちゃってたんですか～」

閉じたものが開く感触に、竹山の声は大きくなる。鳥居は足にどんどん力を入れる。

「あんなに、楽しいショーだったのに～」

歌うように、鳥居は言葉を吐く。

「藤井さんが死んだあと～、殺しまくる竹山さん～、本当におもしろかったですよ～」

「……まえ、……んで」

「僕～、舞台そでの特等席で～、リリコちゃんと観てたんです～」

竹山は、痛みで閉じそうな目を開く。

「まだ気づきませんか～、僕が～、あのショーを開いたんです～」

「……うそ……だろ」

「竹山、お前、絶対に警察官やめるな。約束や」

鳥居が、いつもと違う口調で言葉を吐き、笑い出した。

「本当～、藤井さんて、格好良かったですね～。竹山さんが～、真似するのもわかります～」

竹山は、起き上がろうとする。鳥居の足が腹に強く振り下ろされ、無理だった。

竹山が、床に背をつけたまま咳をくり返す。あたりに響く笑い声は、大きくなる。

「わざわざ、地方公務員になって〜、真犯人を捜す為に神戸に留まった〜。それって、全部、上の指示ですよね〜」

鳥居の声に、竹山は返せない。

「それって〜、体のいい監視ですよね〜。正当防衛とは言え〜、四人も殺しちゃね〜。あ、藤井さん入れて、五人か〜」

寒いはずなのに、背中にびっしょりと汗をかいている。鳥居の言葉が、頭の痛さを連れてくる。事件後の記憶も。


——今回は、大変な事件に巻き込まれて、大変だったね。


事件から三ヶ月後、病院の個人部屋。

ふだん会えない偉い人が訪ねてきた。竹山に、事件の口止めと、今後を指示するため。

「竹山さんて〜、刑事の鑑ですよね〜。上の命令で、自分の記憶まで変えちゃうなんて〜」

楽しそうな鳥居の顔と、十年前に会いに来た上司の顔が重なる。

──藤井君は、人質たちの命と引き換えに実行犯に殺された。

──実行犯たちは、自ら命を断った。

──君は、意識がないうちに全てが終わっていた。

それが、公式に発表された、十年前の事件。竹山の、偽の記憶。

「竹山さんて〜、檻《おり》の中のライオンって感じですね〜。飼育員の桜田さんは〜、今頃、僕の代わりに、病室のベッドで寝てますよ〜」

鳥居の声に、偉い人の声が重なる。

──藤井君は残念だった、竹山君の今後は悪いようにはしない。

──だから、全てを忘れて、警察を去りなさい。

竹山は頭を深く下げ、言葉を返した。

――忘れますから、……約束を、守らせて下さい……お願いします――。


「……りい、……おれ……、……そんなんじゃねえ……」

鳥居の足が、竹山の腹に深く埋まった。

「そんな、謙遜しなくていいですよ～。ね～、リリコちゃん」

さっきから、背中を向けたままぴくりとも動かない。息をしてるのかも、わからない。

「何～、竹山さんが～痛めつけられてるの見るの嫌なの～」

鳥居は、竹山から足を離す。リリコに近づき肩を抱いた。

「ごめんね～、僕、嫉妬深いからさ～」

髪の毛を片側に寄せ、鳥居は細い首筋をべろりと舐める。

「……りい……おまえ」

「あれ～、嫉妬ですか～」

そう言ってから、鳥居はむき出しの耳を噛んだ。

「竹山さん～。僕、あれからずっと、リリコちゃん一筋なんです～」

嬉しそうな声を出した鳥居に、リリコは、くるりと体を回される。

「もう一回～、特別に～、見せて上げますね～」

白いシャツのボタンが飛び、床に転がる。

「これ～、リリコちゃんが、僕のモノって証なんです～」

キャミソールを下げ、鳥居は【×】を誇らしげに見せる。竹山は、体が熱くなるのを感じた。

「僕以外見ないように～、僕以外触れないように～、僕以外考えないように～。僕は、十年、大切に、リリコちゃんを育ててきたんです～。リリコちゃん、最高」

歌う鳥居に、後ろから抱きしめられているリリコは、まっすぐ前を見ていた。

「……おまえ……おかしいぞ……」

「はい～、僕は、リリコちゃんに狂ってます～」

鳥居はしゃがみ、黒いスカートの中に両手を入れる。

「だから～、わがまま聞いてあげたんです～。十年前から協力してくれてる～あの人に～、竹山さんは殺せって言われたんだけど～」

ゆっくりと腕を動かし、ショーツを下ろしていく。

「僕は～、リリコちゃんが大好きだから～」

ショーツが床に落ち、片足を上げられる。リリコは、その間、まばたきを何度かしただけだった。

「竹山さんみたいに〜、人殺しにはなりません〜」

薄い布を鼻に当て、鳥居が言った。

「その代わり〜、竹山さんの前で〜、犯していいんですって〜」

竹山はゆっくりと上半身を起こす。

「あ〜、動かないで下さい。僕、人殺しになりたくないんです〜」

床から拾った銃を持ち、鳥居は竹山に向ける。

「リリコちゃん〜、始めようか〜」

片手でズボンと下着を下ろし、鳥居は床に座る。

片手は、竹山に銃口を向けたまま。

「……おい、ばい……」

「竹山さん〜、黙らないと、撃ちますよ〜」

鳥居の興奮し、楽しそうな顔が見えなくなる。

「……おい……梅林寺!!」

鳥居の前に立ったリリコ。

竹山の声に反応はない。

「リリコちゃん～、竹山さんに顔向けて～」

言われた通りにする姿に、竹山は痛みを忘れた。

「……梅林寺!!　お前、こんなんでいいのかよ!!」

床と水平な顔は、竹山を見ていない。

リリコの表情は、何も浮かんでいない。

「…お前、今、死んでるのといっしょだぞ!!」

「うるさ～い」


鳥居の声と、ぱんっという音が重なる。

「竹山さん～、そこで寝てて～。僕らの邪魔しないで～」

肩への衝撃で、背中が床についた。竹山は、思い出した痛みと、新しい痛みに叫ぶ。

「さあ、リリコちゃん～、そのましゃがんで～」

肩から何かが漏れている。意識が、ぐらぐらと揺れている。布がめくれる音を聞きながら、竹山は目を閉じない。


ちゅうちゅうという音と、ごそごそという音。

自分の、どくどくと速くなる心臓の音。

竹山は、奥歯を強く噛んだ。

「初めてだから～、痛いだろうけど、我慢してね～」

両方の拳に力を入れる。全身が震えているのに、とても熱い。

「いっぱい、出したげるねえ～」

竹山の口の中に、鉄の味が広がったときだ。

「私が、入れてもいいですか」

何言ってんだと、声は出なかった。

はっはっと、短く息をするので必死だった。

「いいよ～、嬉しいな～。あんまり触ったら、ダメだよ～」

「はい、わかりました」

竹山はふうっと息を吸い込んだ。

「……お前らっ、いい加減にしろっ!!」

叫び声とともに、上半身を起こす。

「竹山さん、目を閉じてください」

リリコの声は、遅かった。ばしゃりと、竹山の視界が生温かい液体に犯される。

4

絶叫が、両耳にうわんうわんと響く。

「すごいですね。血が集まって膨張してるって、本当なんだ」

生臭い匂いが、鼻の奥まで鋭く突いてくる。顔を拭いた手のひらが、べったりと赤く染まっていた。それを確認したあと、竹山の目の前に現れた光景。

床に座り、自分の手のひらと同じ、赤いカッターナイフを握るリリコ。その横で、絶叫する鳥居。下半身から液体を吹きだしている。

「大げさですね、皮一枚切っただけですよ」

縦線が、上から下まで一直線に入っている。それを見て、竹山は股間も痛くなった。

「……リリコちゃん～、ひどいよ～」

叫び終え、鳥居は股間を押さえて倒れる。

「こうすれば喜ばれると、ネットで見たんです」

立ち上がり、リリコは見下ろす。芋虫のように、体を縮める鳥居を。

「……もう～、使いモノにならなくなったら、どうするの～」

立つことはできず、膝を突いた格好で、竹山はふたりを見ている。

「大丈夫です。そんなことになっても、私は、添い遂げますから」

リリコの横顔が、戻っていた。

「さあ、次は、目と耳です。左右どちらがいいですか。本格的に使いものにならなくするんで、痛いかもしれませんが、我慢して下さいね」

口角を上げ、生き生きと喋る。初めて見る、リリコの姿。

竹山は、開けた口から言葉を取り出せない。

「……なんで、……そんなことするの～」

肩を上下に大きく揺らしながら、鳥居が小さく言った。

「あなたを、これから愛するためです。十年分の、あなたからの愛を、私は、これから、あなたが死ぬまで返していきます」

リリコはしゃがみ、鳥居の顔を覗き込む。

「私が神戸を離れ、引っ越しをするたびに花束。ひと月に一度は、盗撮写真といっしょに手紙。高校卒業時には、欲しがっていた小型犬の死体。それなのに、大学入学時に何もなかったのは、就職活動で忙しかったからですか」

答えはないが、リリコは続けた。

「それから約三年、音沙汰がなかったのは、就職活動に失敗し警察学校に入っていたからですよね。警察官となり、私の様子を久しぶりに見に来たとき、驚いたでしょうね。だからって、電車のホームに突き落としてはいけませんよ」

竹山の頭の中。青い文字の隙間に、リリコの言葉がぱたぱたと埋まっていく。

「あの人は、今も植物状態です。ただ、私と関わっただけで、全てを失くしました。そうそう、やはり、所轄の警察官は激務なんですね。再開された手紙が、職場のパソコンからのメールで、正直、手抜きだなとがっかりしました。ああでも、県警に入っても同じだったから、私への熱が少し冷めたんですか」

「……なんで、分かったの〜」

鳥居の声は掠れ、くり返す息の方が大きかった。

「たぶん、この十年で、私の方がパソコンに強くなったから。あなた以外に何もなかったから、それぐらいしか、暇つぶしがなかったんです。いくつものサーバを解析し、たどり着いたときは快感を覚えました。それに、会いに来いと言ったのは、あなたです。だから、今日まで私は生きて、県警に入ったんですよ」

今語られている言葉。

日記と花房医師の言葉。

どちらが真実か、目の前の顔から、竹山は判断できなかった。

「もっと、嬉しそうな顔して下さい。これから、私は、約束を果たしますから」

リリコは言葉を吐いていく。赤く染まった刃を、鳥居の頬に滑らせながら。

「目と耳を、片方ずつ潰したあとは、両手、両足を」

その姿は、とても楽しそうに見えた。

「どこにも逃げられない場所に閉じ込め、私が、衣食住、シモの世話をしてあげます」

竹山には、今のリリコは、先ほどまでの鳥居と同じだった。

「これから、私のことだけ見て、私のことだけ触れ、私のことだけ考えて下さいね」

同じセリフに、竹山の背中が冷たくなる。

「私は、お母さんみたいに、捨てたりしませんから」

「……なんで……」

鳥居が目を開き、声色を変える。

「カオル君が、私の全てを知ってるように、私も、カオル君のこと知ってますよ」

「……やめろよ……」

小さな声に、竹山は目を開く。鳥居が、大きく体を震わせ始めたのが分かった。

「カオル君が、お母さんにどんな目に遭わされていたかも」

伸びてきた手を避《よ》け、リリコは鳥居の股間を蹴り上げる。

「竹山さんに見てもらいますか。私につけたのと同じ、お母さんにつけられた、背中の愛の証」

うつぶせに伸び呻く姿に、リリコは、声を降らす。

「ご近所の方にお話を聞きました。いつも声が大きくて、筒抜けだったって」

……こんな顔を、こいつはするのか。

そう思いながら、竹山はリリコを見ている。

「泣くのをやめるか、死ぬかなんて、そんな二択ひどいですよね。外に聞こえるくらい、カオル君を、いじめておいて」

鳥居は耳を塞ぎ、縮めた体をさらに大きく震わせる。

「まあ、もっとひどいのは、カオル君を捨てて、新しい家族を作ったことですよね」

「……や……めて……」

「約束したんですよね、十年後に、戻ってくると」

「……や……めろ……」

「カオル君は待っていたのに、新しい家族と、水族園に来るなんて、本当に酷いですよね」

「……や……め……」

「あのとき、どうして、カオル君は、お母さんを殺さなかったんですか。捨てられたのに、やっぱり、お母さんが好きだからですか」

「……やあああああああああああああ!!」

「ねえ、カオル君。答えて下さいよ。なんなら、私が、お母さんを殺し」

リリコの、滑らかに動く口が止まる。


「……いい加減にしろ……」

鳥居とリリコの間に立ち、竹山が言った。

「わかりました」

そう言って、リリコは床に手を伸ばす。

「……おい」

「そこ、どいて下さい」

竹山に銃口を向け、立ち上がったリリコが言った。

はーはーと大きく息を吐きながら、竹山が手を伸ばす。

ぺちと、軽い音がした。

「……お前、いい加減にしろよ」

つるりとした頬から手を離し、ぶらりと下げる。

「そこ、どいて下さい」

竹山は、肩を大きく上下する。ふーっと息を吸い、口を開く。

「……お前、目、見えてねえのかよ!!」

「そこ、どいて下さい」

「もう、充分だろうが!!」

「そこ、どいて下さい」

「……リリコ!!」

「うるさい!! どけろっ!!」

初めての、大きく乱暴な声。竹山は目を開き、口を閉じた。

「……あいつは、たくさん殺した」

声色は戻ったが、顔は変わらない。

「あの場所にいた、カップル、花房先生の娘さん、藤井さん、実行犯だけじゃない」

リリコの表情に、竹山は口を動かせない。

「殺した人間の家族、同僚、友達、恋人、たくさんのひとたちの心を」

小さな叫びが、竹山の耳に強く響く。

「……私の十年間を、あいつは」

リリコの言葉を、竹山は手で遮る。

「……そう思うなら、……もう、いいだろ」

目の前の瞳がゆらりと動き、自分を映す。

後ろに、視線が向くのが分かった。そこには、泡を吹き白目を剥《む》く、大の字に倒れた姿がある。

「……もう、いいな」

ゆっくりと、竹山は固まった手から銃を取る。冷たさを落とし、竹山は、両手で引き寄せた。

「……っ、……わあああああっ。……ああああああああああっ」

すぐに、胸の中から、子どもの泣き声が聞こえ出す。崩れる体に合わせ、竹山は両膝を床に突く。

「……偉かったな」

片手で頭を撫で、竹山は言葉をぽつぽつと降らす。

「……頑張ったな」

胸が濡れていく。抱いている体が、とても熱い。大きな声が、つるりと柔らかい髪が、ちゃんとある。

「……ありがとう」

生きている。それが、とても嬉しい。

「……約束、守ってくれて……」

竹山は目を閉じる。瞼の重さに、もう、耐えることができなかった。

## 5

「お前は、なんで、そんなに気がちっちゃいんや」

さわさわとうるさい居酒屋。隣で、藤井が煙とともに言った。「すいません」と言うと、「そういうところや」と返される。

「体はでっかいし、瞬殺の竹やったっけ、柔道も強いらしいのに、なんでや」

仕事のミスを責められ続け、揚句、性格の問題だと責められている。

「分かった。お前は、自分に甘いからや」

煙を吸い、藤井がどや顔で言った。

「自分に甘いから、他人にも甘なんねん。そういうのは、優しさやないで」

「はあ」と首を傾げると、煙を顔にかけられる。

「甘さは、弱さやで。自分が弱かったら、他人なんか守れんぞ」

珍しく真面目な顔した藤井に、「はい」と返事をする。

「こっちにいるうちは、俺が鍛えたるからな」

そう言って、藤井が肩をばんばん叩く。

「まあ、てっとり早いんわ、こいつやって女作ることやけど」

にやりと笑う顔に、はあと返す。

「お前、性質の悪いのにひっかかりそうやもんな。今まで、振り回されて、振られてきたやろ」

何も、返せなかった。

「まあ、そんなしょうもないのほっといて、これやってときは、決めろよ」

決めるってなんですかと、質問する。

「結婚」

その言葉は、とても遠く聞こえた。

「嘘やと思うかもしれんけど、会ってすぐにわかるんやで。こいつや、ってな」

そう言って、藤井は笑った。


竹山が瞼を開けると、視界は白かった。ああ、そうかと思っていると、小さく聞こえてきた。

「望月さん、もう一枚いけそうです」

しゅっという音がして、竹山は上半身を起こす。はらはらと、顔から、白いティッシュが落ちる。

「もう少し寝てて下さいよ。あと一枚で、最高記録の一五〇枚に」

「……けが人を、実験道具にするんじゃねえよ!!」

昨日も、同じ目覚めだった。竹山は、リリコの口をひよこにし怒鳴った。

眉間にシワを寄せた竹山の顔の前に、リンゴのうさぎが現れる。望月に首を傾げられ、竹山は受け取る。

「けが人なら、大きな声出さないで下さい」

離れた手が、再びリリコの顔に戻る。

「じゃあ、けが人らしく扱え!!」

「……ひょうですね、てをはにゃしてくだひゃい」

わざと乱暴に離し、竹山はリンゴをかじる。

「パワハラするぐらい元気なら、退院すればどうですか」

「お前も、ここに毎日来るなら、仕事行けよ!!」

ふたりのやりとりを、望月がおろおろと見ていたときだ。しゅんっと弧を描き、竹山の頭に丸がぶつかる。

「おい、梅ちゃんに、変なことしたら奥歯がたがた言わすで」

「関西の方って、本当にそのセリフ言うんですね」

「梅ちゃんにだけやで、サービスや」

サービスの意味がわからんと思いながら、竹山はグレープフルーツを手にした。

「……望月さん、これも、切ってもらえますか」

「お前、給料泥棒のくせに、待遇いいやんけ」

桜田は、ベッドの端に腰かけて言った。もう、冬のコートではないのかと気づいた。

「人聞きの悪い言い方しないで下さいよ、労災って言って下さい」

望月が、ベッドの横で皮をむきながらこくこくと首を縦に振る。座っていた椅子から立ち、無言で桜田に勧めた。

「へーへー、おい、望月、たこ焼き喰いたいから買ってこいや」

「望月さん、私が代わります」

「お前は、刃物使うな。いっしょに行ってこい」

「私の刃物さばきの美しさは、一番知ってるでしょう」

だからだと言わず、竹山はサイドテーブルにある財布をリリコに渡す。

「コンビニで、好きなもん買って来い」

「では、行きましょうか。望月さん」

「千円までな」

「労災泥棒のくせに、ケチですね」

リリコはそう残し、病室を望月と出て行った。


「梅ちゃん、押しかけ女房っていうより、子どもみたいで可愛らしいな」

桜田は椅子にかけ、にやりと笑う。いつからそう呼んでんだと聞く前に、竹山は言った。

「何か、あったんですか」

顔を変え、桜田は口を動かす。

「……心神喪失になるみたいやで」

竹山は、口を動かさない。

「なんや、なんかないんか」

「……当事者は、俺じゃありませんから」

ふんと、桜田が鼻を鳴らす。

「多重人格なんとかって、判断になったみたいや。あれや、今いくよくるよみたいな」

「……ジキルとハイドですか」

「そんなやったな。最近、カタカナが覚えるの面倒臭くてよ。今日、説明会議あったが、俺にはようわからんかったわ。なんや、もうひとりの自分出すために、薄らハゲに襲うよう命令したとか意味わからん」

鳥居のもうひとつの人格『カオル』が表に出てきたのは、高校生のときだ。

風間は、十年以上前からカオルの信者だった。インターネットが、今ほど普及してない頃。ネットの掲示板で、カオルは王様だった。人の心の隙に入り、洗脳し、自分の手足のように動かした。

最初は、いたずら程度だった。それが、どんどん犯罪へと進み、最後は、水族園の事件となった。風間は、見張り役と、事件の録画を担当していた。

カオルは、信者の誰にも姿を見せなかった。実行犯が目を覚まし、風間に初めて正体を明かす。過去で脅され、風間は、再びカオルの手足になった。

指示どおり、実行犯を連れ去り、自宅で始末した。リリコの部屋を荒らし、鳥居と望月を襲い、竹山を刺した。

全てを話し、風間は、これでやっと解放されましたと泣いたらしい。

昨日、リリコの叔父が竹山の病室に訪れた。お礼とともに、全てを説明して帰った。

「悪いことしとる自分と、ふだんの自分が別やなんて、そんな言い訳通るんやったら警察いらんわ」

全てを知る竹山に、桜田は、顔を歪めて言葉を続ける。

「たしかに、鳥居の母親はひでえ。だからって、なんで、他人を傷つけるんや」

カオルの母親は、水族園のステージにいた。藤井と竹山に水をかけたのは、平日が休みの、母親の新しい夫。隣にいたのは、新しい息子。家族は、送られてきた無料のチケットに疑いを持たなかった。指定どおり、殺人ショーと知らずに赴く。

いじめて捨てた息子の存在を、母親は忘れ、生きていた。カオルはそれを知り、ショーを計画した。だが、殺したのは関係のない人間たち。

「憎いなら、母親に矛先を向けるんちゃうんか。それに、惚れた女は、大事にするんが普通やろ」

ああ知ったからかと、リリコに対する態度に納得した。

『桜田君とは、竹山君と松波君のような関係なんだ』と、昨日、リリコの叔父は語り、目を細めていた。

十年間、リリコを追い詰め続けたカオル。

リリコと同じ様に、水族園に通っていた。そして、一方的に好意を抱いていたのだ。

事件の日、カオルは、偶然居合わせたリリコに初めて話しかけた。殺人ショーの誘いを断ったリリコを、無理やり舞台そでに連れていった。

桜田と同じことを、思い出す前なら言っていただろう。

「……そんな単純じゃないんですよ、ヒトって」

竹山が、ぼそりと漏らす。桜田は少しして、静かに言った。

「よう、そんなふうに言えるな。お前、鳥居が罪にならんの腹立たんのか。事件の被害者や、梅ちゃんにしたこと、許せるんか」

「……じゃあ、俺を、逮捕してくれますか」

竹山が頼んだ、三人目だった。桜田の目が、大きく開かれる。


一週間前、病室を訪れた梨花と同じ反応だと、竹山は思った。

水族園の事件の前日、ネットの掲示板には予告があった。それを、県警は見逃していた。

竹山だけでなく、真実は、誰にとっても都合が悪かったのだ。

「……鳥居は捕まったんや、必要ないやろ」

梨花と同じことを、桜田は言った。傍で見守っていたふたり。その優しさが、竹山には痛い。誰かのように、殴り飛ばして欲しかった。

「……お前は、真面目すぎる。そんなんやと、刑事続けていけんで」

いいんですか、と竹山は聞けなかった。目の前の顔が、リリコを見るときといっしょだった。

「……俺が復帰したら、飲みに行きましょう」

「ああ、お前には、でっかい貸しあるからな。高級なとこ、おごれや」

「復帰祝いなんだから、桜田さんがご馳走して下さい」

「うるせえ」と桜田はいつもの調子に戻る。竹山が、それを嬉しく感じたときだ。

「……なあ、梅ちゃんは、大丈夫なんか」

桜田が、本当に心配そうな顔で言った。

「……わかりません」

竹山が病院に運ばれ、三ヶ月が経つ。その間、竹山は病室で過ごし、リリコは家で過ごしている。

鳥居と風間が捕まり、望月はリハビリで、一係は機能していない。充分な罰を受けた『カオル』は、もう、病院から出れない。

だから、大丈夫だと、そんな簡単なものではないだろう。

「ふたりだけの秘密とかいらんで」

表情を変えた桜田の言葉に、竹山は首を傾げた。顔を歪め、桜田が言った。

「……お前ら、ラブラブちゃうんか？」

「どこをどう見たら、そう見えるんでしょうか」

「そうやね、ごめん。ごめん。じゃあ、俺は仕事に戻るわ。梅ちゃんに変なことすんなよ」

そう言って竹山を睨み、桜田は部屋を出て行った。

## 6

「望月さんは？」

「急に、本屋さんに行きたいって、これ、どうしますか」

ソースの匂いが、個室の部屋に漂う。

「食べるか。何か、腹減ってきた」

サイドテーブルの上、竹山は、がさがさと袋から容器を取り出す。

「ひとりで、こんなに食べるんですか」

「いや、お前も食えよ」

「私は、こんな」

リリコは口の中に、ひとつ入れられる。

「熱いから、ゆっくり食え」

リリコは手で押さえ、口をもごもごさせる。

「なあ、俺さ、来週末退院できるんだと」

「……ほうれすか」

「お前さ、まだ、自宅謹慎中だろ」

「……じたくりょうようちうでふ」

「松葉づえついてんの、隣にいたら嫌か」

「……すみません、話が見えません」

ごくんと喉をならしてから、リリコが言った。

「どっか、行きたいところないか」

「今は、自販機に行きたいです」

「冷蔵庫の中、水あるぞ」

リリコは椅子から立ち、ベッドの足元の先に進む。

「ふたりで、どっか行くか」

そう竹山が言ったときだった。ぶはっと、水が飛び散る音がした。

「お前、汚ねえなあ」

ベッドから出て、ギプスをはめた右足を上げる。竹山はひょこひょこと片足で近づいた。

仕事に出てないくせに、いつもリクルートスーツの背中。竹山がタオルを持った腕を伸ばす。リリコは振り向かず、片手で器用にそれを奪った。

「そんときは、スーツ着てくんなよ」

「……おかしな感情を持たれたら、困ります」

「ああ、安心しろよ」

「……それは、私みたいな」

「メンヘラで、生意気で、口が悪くて、先輩を敬えなくて。キレたら凶暴なお前が、俺は、嫌いじゃない」

すこしの間のあと、小さく聞こえてくる。

「……ひどい言われようですね。臭くて、がさつで、すけべで、仕事馬鹿で、弱いくせに強がって」

「おい、言い過ぎだろ」

「私にひどいことされて、ひどい姿を見たのに……。……十年前から、ずっと優しい」

竹山は口を閉じる。

「……そんな竹山さんが、……私は」

リリコの言葉の続きを、竹山は待った。

黒い髪から覗く耳たぶが、赤く染まっているのを見ながら。

END

# エピローグ

※

春が近い。

病院から出て、和らいだ空気を感じた。それと同時に、くしゃみを大きくすると、シワだらけのトレンチのポケットが震える。湊を片手でかみながら、通話に出た。

「大丈夫です。毎年のことですから」

丸めたティッシュをポケットに入れ、答えた。

「それより、昨日、どうして会いに行かれたんですか？」

返ってきた言葉に、眉間のシワを深くする。

「現場の刑事は、お前らのコマちゃうぞ。竹山が死んでたら、どうしてたんや」

場所がら声を抑えているが、怒りが滲んでいた。温度差のある声が返ってくる。

「……それ、竹山に言ってないやろな」

否定の言葉が聞こえ、ふうっと息を吐く。

「ほんま、一番怖いんは、『メンヘラ』ちゃんやわ」

少ししてから、聞こえてきた声に、目を大きくする。

「……そうか、銃は、大阪府警のやったんか……。……は？　あのボン、役に立つんか⁉」

大きな声に、周りの人間の目が向く。慌てて、病院の敷地を出て行き、県警に向け足を動かす。

「……四月から大阪府警か。まあ、こっちにおってもな。ふたりは、離れたほうがええやろな」

小さく笑い声が聞こえ、「何で笑うんや」と返す。

「はあ？　全然ちゃうわ！　俺が若いときは、竹山の百倍しっかりしとったわ‼」

耳元で、トーンを変えた声が言葉を重ねていき、足を止める。

「……分かった。ほんま、人使いあらいなって、お前から、公安の人間に言っとけ」

やんわりとした否定の言葉のあと、通話が切れた。

空を仰ぐと、冬の色が薄くなっている。硬い表情で、つぶやく。

「……『メンヘラ』ちゃんは、健気すぎるわ」

しゃがれた声は、青にとけて消えた。

この作品はフィクションです。
実在の人物・団体・事件などにはいっさい関係ありません。

# メンヘラ刑事《でか》

発行日　2015年1月20日　第1刷

Author 本田《ほんだ》晴巳《はるみ》

Publication 株式会社ディスカヴァー・トゥエンティワン
〒102-0093 東京都千代田区平河町2-16-1 平河町森タワー11F
TEL 03-3237-8321（代表） FAX 03-3237-8323 http://www.d21.co.jp

Publisher 干場弓子

Editor 林拓馬

Marketing Group
Staff 小田孝文 中澤泰宏 片平美恵子 吉澤道子 井筒浩 小関勝則 千葉潤子 飯田智樹 佐藤昌幸 谷口奈緒美 山中麻吏 西川なつか 古矢薫 伊藤利文 米山健一 原大士 郭迪 松原史与志 蛯原昇 中山大祐 安永智洋 鍋田匠伴 榊原僚 佐竹祐哉 塔下太朗 廣内悠理 安達情未 伊東佑真 梅本翔太 奥田千晶 田中姫菜 橋本莉奈

Assistant Staff 俵敬子 町田加奈子 丸山香織 小林里美 井澤徳子 橋詰悠子 藤井多穂子 藤井かおり 葛目美枝子 竹内恵子 熊谷芳美 清水有基栄 小松里絵 川井栄子 伊藤由美 伊藤香 阿部薫 松田惟吹 常徳すみ

Operation Group
Staff 松尾幸政 田中亜紀 中村郁子 福永友紀 山﨑あゆみ 杉田彰子

Productive Group
Staff 藤田浩芳 千葉正幸 原典宏 林秀樹 石塚理恵子 三谷祐一 石橋和佳 大山聡子 大竹朝子 堀部直人 井上慎平 松石悠 木下智尋 伍佳妮 張俊崴

Proofreader 鷗来堂

DTP アーティザンカンパニー株式会社

Printing 日経印刷株式会社


＊本書は、小説投稿サイト「E★エブリスタ」で連載された「メンヘラ刑事」に、加筆・改稿を加えたものです。




ISBN978-4-7993-1626-9